淡海文庫1

淡海《おうみ》の芭蕉《ばしょう》句碑

新装版

上

乾　憲雄　著

目次

●甲賀地方

（以下は下巻）

私は永い年月をかけて、楽しみながら「わがふるさと淡海」に、芭蕉の句碑が何所に何基建っているかと気をつけて県内を歩きました。

県内の芭蕉句碑は約九十数基を数えることができます。そして、まだまだ建つことでしょう。

この巻では湖南、湖東、湖北の四十七基をまとめてみました。

第二版　はしがき

芭蕉さんが誕生されて今年は三百六十年目にあたります。先年没後三百年ということで全国各地で芭蕉ムードが広まりましたが、今年も芭蕉さんを憶う心が再燃しております。

ご承知のように芭蕉さんは生まれ故郷と同じく、近江とその歴史上の人々をこよなく愛されました。

その上、晩年には湖の見える地に眠りたいというような言葉を漏らされたためか、近江の義仲寺の境内にて葬られたのです。

この度、かつて「芭蕉没後三百年記念」として刊行しました『淡海の芭蕉句碑』上・下を再版していただけることになりました。

カバーを作りなおしていただいた以外は、誤字脱字の訂正、最寄り駅名の追加といった最小限の変更しか行いませんでしたが、あれから早や十年も過ぎ再び結構なことと存じてここに序文を草しました。

どうぞお友達にもすすめ、かつご活用ください。

平成十六年七月

夢望庵主　乾　憲雄

初版　はしがき

私の家は芭蕉さんの誕生の地の伊賀の国と、芭蕉さんの墳墓の地、近江膳所の義仲寺との中間の所に位置している。

草津駅からJR草津線に乗ると二つ目の石部駅で下車。野洲川にかかる中郡橋を渡って突きあたりの在所の菩提寺村落である。また、JR野洲駅からも滋賀交通バスが走っている。

この頃の田舎はどこでもであるが、旧の在所と、新しく家を建て大きく街づくりをしている新興住宅地とに区別されている。この菩提寺も旧村落は二百五十戸ほどで、新しい住宅が三千二百戸もある。合計すると約三千五百戸にもなり、人口はなんと九千百五十人にもなった。

背には三上山があり、龍王山（俗に菩提寺山といい、甲西富士ともいわれる）があり、十二坊の山なみが東へ走り、対岸には石部の街並が見え、夜には沢山《たくさん》の電灯が遠くまで灯り続く。阿星山や松籟山や遠くには水口、貴生川の辺の飯道山頂も見られる。しかも遙か西方には比叡山頂や比良山系の武奈が岳までが遠望できる。

さて、私は永い年月をかけて、楽しみながら「わがふるさと淡海」の県内に芭蕉の句碑が何所《どこ》に何基建っているかと気をつけて県内を歩いた。そして、芭蕉のみでなく、多くの先輩達の句碑についても折があれば調べた。思いもかけない地方で、思いがけない俳人の遺墨句碑に出会って嬉しくもなつかしくもあった。

平成六年は芭蕉が亡くなられて三百年、そしてまた生誕三百五十年という年である。先日もふとしたことから京都の古書画屋さんで次の一軸を入手した。それは甲賀郡の水口町にある水口城の加藤城主の弟君の子息、加藤蜃州の遺墨で、かつて芭蕉さんが住んでおられた幻住庵の跡を訪れて、しみじみと過ぎし日の姿を偲び、約百年後の姿の印象の一句と、あたりの松や風景を描いている作品である。

　まぼろしの菴の旧地に袂をしぼりて
　今やあだなる国分山の風景に対す
此山や腸《はらわた》にしむあきの月　　蜃州

とある。縦九十八×幅三十一センチ、紙本、墨画である。
甲賀郡の武士で文人であったその加藤蜃州は芭蕉を尊敬し、寛政の頃には甲賀郡内での中心的な俳人でもあった。しかも水口大岡寺には芭蕉の句碑をも建立している。

県内の芭蕉句碑を七地方に分けた。
一、甲賀地方　二、湖東地方　三、彦根地方　四、長浜地方
五、湖西地方　六、堅田地方　七、大津市内近辺
の順に区分して楽しみながら書き綴ってみた。今回はその一、二、三、四までを記して上巻とした。

甲賀地方

信楽／土山／甲賀／水口／甲南／甲西／石部

1、木《こ》がくれて茶摘《ちゃつみ》も聞《きく》や杜鵑《ほととぎす》　はせを

信楽町宮尻　大谷　穆彦《よしひこ》邸
信楽高原鐵道　信楽駅

栗東から国道一号線を東へ進むと、おはん、長右衛門の芝居などで知られる石部があり、甲西町へ入る。甲西の役場を左側に見、右手に中学校舎を見つつ、なお進むと右手に寿苑というホテルがある。そこを過ぎると吉永という所がある。そこを右へ折れて行くと後醍醐天皇を救けた藤原藤房郷が隠栖し墳墓の寺ともいわれる妙感寺へ行く。その手前の勅使野橋を左へ渡って行くと甲賀カントリーへ着く。そこからあせぼ峠へと上り、峠を越えるとはや信楽町宮町である。左側にオレンジゴルフ場や飯道山登り口を見て走る。この宮町には最近になって信楽宮跡であるという説が出た。しかも地下からもそれらしい柱も出土した。

間もなく紫香楽宮跡の石碑を右に見る。せっかくというのでその宮の跡を散策した。甲賀寺（甲可寺）といわれ、大仏を安置すべき大寺の遺構の大きなるものに接した。そこら辺を牧といい、昔の雲井の村里である。勅旨を越え、信楽の駅を走る。三〇七号である。信楽の街並はいつ

大谷邸附近　うしろは弘法園という名の茶園

来ても楽しく、いかにも穏やかな古陶の里の匂いがする。

　どんどんと長野をあとにし西杣原《ほそはら》、中野、上朝宮、下朝宮と新しい国道を過ぎるといよいよ京都府の宇治田原や和束町へ行く道と大津市へ入る四二二号線との分岐点にたどりつく。ちょうどその角《かど》に信楽木材という製材所がある。そこを左へ折れていくと道は次第に細る。右に左にと縄の如く細く流れる川を信楽川と呼んでいる。

　杉木立を背にして茶畑が続く。この朝宮の辺は流石《さすが》に茶の村里である。

「芭蕉さんもこの細道を歩かれたかもしれない」と思いつつ宮尻という村落につく。村の入り口にかかる橋を宮尻橋。そして少しいくとまた小川橋がかかる。川は前記の信楽川である。その橋と橋との間に右側に五、六軒の家がある。その一の宮尻橋の手前の細い道を右へ曲がる。その一番奥の家が大谷穆彦さんという。なかなか穆の文字を「ヨシ」とは読めない。穆とは稲が豊かに実って美しくたれている姿をいい、やわらぐという意味である。普通はぼくまたはもくと読む。

この旧家の隠居の狭庭に芭蕉の古い句碑が建っている。

木がくれて茶摘も聞や杜鵑《ほととぎす》　はせを

の句である。高さ八十センチ、幅三十五センチ、厚さ二十五センチ、向いている方角を磁石でしらべたら北西であった。

このあたりにはぴたりの句碑である。すぐ裏全体の斜面に茶が植えられ、手入れが行き届いている。古くはこの古い茶園全体の名を弘法園と称されていた。名の如く古く、この家の代々人の名も襲名され六郎右ヱ門といい、家号も弘法園といい伝えられた。屋敷内には製茶場も建ち、出入りの門もある。その門の入り口には二十一センチ四方の角柱の石碑があり、「天然記念物、朝宮茶樹」と面に刻され、裏面には「滋賀県保勝会、大正十一年九月」と記されている。軒下には当時の記念物の茶の古木がかけられている。恐らく樹齢三百年は経ったものだろう。

この句碑はその昔、桶井と野尻という小字の辺にあったとか。しかし、荒れるにまかせていてはと思い、ちょうど大きな茶の木のあるこの弘法園の傍がよいというのでこの地へ移されたという。この門のすぐ入り口にはこれまた古い椿と湧き水の溜まる小さな池がある。旅人らはこの水を掬《すく》って喉を潤《うるお》し、旅の疲れを癒されたことは想像出来るし、もし、旅人の一人に芭蕉さんもいたら恐らくこの瀬音を耳にしつつ、しかも、ほととぎすの音に、茶摘女の皆々が手もとを休めて

大谷邸の句碑

聞き惚《ほ》れている姿に感動していたのかも知れない、などと思いやる時、私はうれしかった。

この句は元禄七年芭蕉さん五十一歳の夏、江戸深川の芭蕉庵で素龍斎と親しく出会った時、示した句という。

新鮮な初夏の感触をよく表現している句で、今までの旅中で得た実感の吟の一つである。おそらく、その旅路とはこうした朝宮の茶どころであることはいうまでもない。

そんなことを思いつつ母屋の方へ行ったら、ここのおばあさんのかずよさんが十個のつちのこを利用して新藁を軽く打ったもので、宮さんへあげる菰《こも》を編んでおられる光景に会って実になつかしかった。

早やここらの隅にある太い茶の木には花をつけていた。やはり気候も温度が低いとみえた。おそらく日照時間も少ないだろうと思いつつ、信楽の一つの句碑や純朴なおばあさんと別れた。

2、木《こ》がくれて茶摘《ちゃつみ》もきくやほととぎす　芭蕉

信楽町上朝宮　仙禅寺境内

信楽高原鐵道　信楽駅

朝宮の村は上と下に分かれている。上朝宮の旧道を信楽の町の方へと戻り走ると右側に「岩谷《いわや》観音」の道標がある。そこを左へ折れる。あたりに「利休園」という名の製茶屋がある。もちろん、千利休にちなんだ名前なのであろう。数年前社長の山田さんが命名されたのだ。その名に惹かれて店を訪れ、おいしいお茶一服をいただいて仙禅寺などについて教えてもらった。

約二キロほど本道からそれて山田の道を走る。その間の風光は実に古い農村の美しさの全てを集めた感じがした。しかも道のべには宝篋印塔があり、石地蔵ありでその歴史の古さを感じさせてくれる。

岩谷観音は右にあってすぐわかる。岩谷山仙禅寺というのが正しい名であるが、俗に岩谷観音といわれる。この寺は養老七年（七二三）奈良時代の創建という。大岩に磨崖仏が刻され、「建長元年」（一二四九）と陰刻されるのが読める。すでに七百五十年近くの歴史がある。

仙禅寺岩谷観音の句碑

その石の階段の傍に句碑が建っていた。深山の気の漂う中に太い十本ほどの杉がていていと天を突いている。その樹の下に

木かくれて茶摘もきくやほととぎす　芭蕉

という句碑がある。傍には大きい碑が建ち、「朝宮茶発祥地之碑」と筆太の文字で刻されていた。

芭蕉の句碑の高さが百三十センチ、幅八十センチ、厚さ二十五センチで句碑としては標準的な大きさである。方向を計ったら真西を向いていた。裏面には「昭和五十二年十一月建之」とあり「信楽町茶業協会信楽町農業後継者クラブ　茶業部」と刻され文字は由良鳳英書と彫られていた。

仙禅寺への田道

せっかくというので二十一段の階をふみ岩谷観音堂へ参った。近くには浄水と書かれた清浄な水が湧いていた。その水で手を洗いつつ再び下山した。

そこからなお山へ入ると驚くほどの広い茶畠が手入れされて続く。分け行っても行っても広い茶園であった。

同じ町内で同じ句碑が建っているのもよくよくのことであるとも思った。

信楽と伊賀とは峠一つで隣の地である。

3、松茸《まつたけ》やしらぬ木《こ》の葉《は》のへばり付《つく》　はせを

信楽町勅旨　玉桂寺境内

信楽高原鐵道　玉桂寺前駅

その昔、国鉄信楽線というローカル線があったが、国鉄民営化の際に第三セクターの信楽高原鐵道となった。水口町の貴生川駅から信楽駅まで走り、駅も雲井、勅旨の他に紫香楽宮跡、そして玉桂寺というのが出来た。

久方に玉桂寺を訪れると、近くの大戸川にモダンな釣り橋がかかっているのが目についた。高原列車でこの駅まで乗り、あとはこの釣り橋を渡って山頂まで歩く自然歩道がついている。まさに甲賀の軽井沢のような地である。

この寺は十輪院玉桂寺といい、奈良の平城京より勅旨保良宮に遷都の宣言のあった旧趾という。淳仁天皇そして文徳・後花園天皇の勅願所と伝えられ真言宗の名刹寺院である。境内の高野槇《まき》は実にすばらしく、その周囲は六メートル十五センチもあり、六十五本の枝が林立していて壮観であり、弘法さんにちなむ霊木として天然記念物の一つとされている。

玉桂寺の山門

その槇のふもとに芭蕉の句碑が建つ。先日までは本堂の方へ上る階段の傍にあったが、門から入った正面の辺に持ち出されて整備されたので、句碑の姿が参詣者の目にとまる。

正面には、

松茸やしらぬ木の葉のへばり付

の句が刻されている。裏には「明治三拾五年五月十八日建之」とあり、「路周」と彫られていた。

高さ百十五センチ、幅五十八センチ、厚さ三十センチで、碑面は真北をさしていた。

この句は元禄七年五十一歳の秋の作という。が、また五年という説もある。前者であると晩年の作である。

松茸をとってみるとすぐに何の木の葉か解らない。深山らしい葉がぴったとりついているよ、という、見たまま、自然のままの軽みの心を詠んでいる。少しも技巧もなし、ありのままの一句でまさに円熟した境地の句ではなかろうか。

この句をここに書いて建てた路周という地元の俳人の心が、これまた嬉しい。路周というのは神山氏で神山の村落の人で同字の法蔵寺にもこの俳人の句碑が建っている。現在この俳人の子孫もおられる。こうして先人が芭蕉翁を尊敬して句碑を遺していてくださることによって、後人は種々と教えられる。

先日、信楽町長野に住む句友、奥田安弘さんが「私宅に玉桂寺句碑建立の資料の一部が見つかりました」と知らせてくれた。建碑中心人物三名、奥田更直、同光玉、古谷梅雀とあった。その光玉は安弘さんの祖父のこと、そしてこの石は山城の相楽郡から引寄せられたことが判明した。その書類は明治廿八年十二月とあった。

玉桂寺洞之宮の句碑

いよいよ松茸のシーズンである。あちこちに山に入ることを禁ずという縄がはられて、秋が深むことを教えてくれた。

4、さみだれに鳰《にほ》のうき巣《す》を見《み》にゆかむ　はせを翁

土山町南土山　常明寺境内

JR草津線　油日駅

甲賀郡内を流れる大きな川の一つに野洲川があり、その上流が土山である。国道一号線を東へ進むと白川橋というのがある。

その橋の手前を左に折れると笹尾峠を経て日野の方へと通じている。このあたりを頓宮と呼んでいる。一号線から三百メートルほど入ると左側の三叉路の所に小さな石碑がある。車を停めてみると「坂は照る照る鈴鹿はくもる、あいの土山雨が降る」と彫られている。傍には秋の草が咲き、雑草が薄もみじをしていた。地上から一メートルほどで、碑の高さは六十五センチ、幅六十センチである。大きいおにぎりのような楽しい姿でここらあたりの石であった。

戻って白川橋を渡り五百メートルほど行くと「常明寺へは右へ曲がるとよい」という案内板がある。土山の宿場は歴史的に古い。

常明寺の前で車を降りた。耳をすますと南の山の方にもずが啼き、田村川の瀬音がする。門前

常明寺の山門前

に「禅俳僧虚白住寺跡」という碑も建てられ、虚白の句碑もある。近よって読むと

織らずして着、耕やさずして喰う身なれば
曇りなきこゝろの月を手向哉　　虚白

とあった。虚白はこの寺へ十代に小僧として修行し、三十五歳でこの寺の十五代住職として住まれた。京都東福寺の管長や南禅寺の住職までなられた高僧でもあった。弘化四年（一八四八）七十五歳を最期として逝去された。京都東山芭蕉堂主の高桑闌更の門人の一俳人であった。

この句は、虚白禅師の真筆短冊を刻されて、間もなく訪れる百五十回忌を記念して、若くして急逝された塩沢玄泰先生が、この句の意味に感動、「これこそ僧の真随の叫び」と感じられて建立されたものである。虚白禅師は

ぼうふらや蚊になるまでの浮き沈み
涼しさの處得たれば早や不足

などと多くの禅僧らしい句を世に残されている。

さて門をくぐる。「瑞宝山　東禅林　常明寺」と大きく額が重層の屋根にかかる。左手には庫《く》裏《り》、書院、座敷などがあり、右には鐘楼や椎の雑木の大樹がある。その傍にひっそりと建つ句碑が目につく。まさに「まづ頼む椎の木もあり夏木立」の芭蕉さんの句そのものである。


さみだれに鳰のうき巣を見にゆかむ　はせを翁

文字の筆蹟は蘭更門人の桜井梅室という俳人のものである。この梅室は日常生活を巧みに句とされた人であるし、文も筆も達者な文人俳人であった。近江の句碑のみでなく近府県、各地の句文字を頼まれて記している。

さてこの句碑の高さ百十センチ、幅六十五センチ、厚さ四十センチ、二段の台石があってその高さ四十三センチ。方向は北西をむいている。普通は「芭蕉」とか「翁」「はせを」とのみであるのに、はせ越翁とわざわざ翁をつけている。この句は貞享四年、四十四歳の夏の句である。季語は五月雨。鳰の浮巣も当然夏の季語であって二つ季語が重なっているが五月雨が主であろう。「笈日記」という書物にはこの句に「露沾公に申侍る」と前書きがある。

露沾公とは磐城平藩主の内藤風虎公の次男で、長男亡きあとその藩主となるべき人であったが故あって若い頃から風月を楽しむ人となり、風雅の道を求め、芭蕉や其角などと深く交った人である。

五月雨の降り続く頃のある日、琵琶湖では恐らく浮巣が流れ浮かんでいる頃でしょう、一度御縁があったら参りましょうよ、と芭蕉が挨拶がわりにお見せした句であろうか。三冊子《さんぞうし》の「白さうし」という書に出てくる。

　普通の大名ならば浮巣を見るなど申し上げても通じないが、この方ならばと思っている芭蕉と露沾との心の通いがこれまた尊い。

　私はかつてこの碑の建立についての記録を大切にしていたのだが、二十年前の落雷によって全て灰になった。黙っているが寂しい限りだ。

　この常明寺へ来ると心が落ちつくのは何故だろうか。もちろん禅寺で掃除されているからだろう。いや、やっぱり虚白という闌更門の俳人がいたからかもしれない。

常明寺に建つ「さみだれ」の句碑

　ついでにかの森鷗外の爺さんがこの寺で葬られているし、宝物も多く、よいお寺だ。が、親しくさせてもらった先住の玄泰先生が若くして他界されたのがなんといっても心に残る。

さまざまのこと思い出す桜かな　芭蕉

　胸つまる思いで門を出て振り返ったら、門には「臨済宗東福寺派別格地」と門札がかかり、廓然無聖とか大悟徹底とかいう禅林の語が記されていた。これが遺筆となったのだろうか……。

5、潅仏《くわんぶつ》や皺手《しわで》合《あは》する数珠《じゅず》の音《おと》　はせを

甲賀町滝　稱名寺境内
JR草津線　甲賀駅

甲賀というと世の人らは忍者と製薬会社と甲賀売薬とを思われる。その三つともがこの瀧の村落に由緒がある。その在所の中に稱名寺という浄土宗の寺院がある。ひっそりとした、いかにも農村の整った寺である。弘願山稱名寺という。山門をくぐると正面に本堂が拝せる。その畳石の左側に角柱の石碑が建ち、正面に「圓光大師廿五拝」と筆太の文字が陰刻され、その側面に芭蕉の句が彫られている。

潅仏や皺手合する数珠の音　はせを

風雪にさらされてその文字も年々うすくなった。芭蕉句の面は東南東の方角をむいている。高さ百十五センチ、幅二十五センチ四方。台は二段で高さ三十二センチもあった。本堂の正面には額があがり、右書きで井上甫水先生が揮亳されている。このお寺の本堂の天井は文化七年、扇田文廣が描いた龍の絵天井である。日野に住んだ高田敬甫の筆づかいによく似て

いる。恐らく一門であろう。

さて芭蕉のこの句についてであるが、服部土芳が筆者であるといわれる「三冊子」（さんぞうし）に入っている。

稱名寺本堂の天井の画

元禄七年（五十一歳）の夏の作品。季語はいうまでもなく潅仏である。小さい時から教えられた「花祭り」の日。四月八日のお釈迦さんの誕生日で甘茶をかける日である。むずかしくいうと「仏生会」（ぶっしょうえ）である。四月八日は現在では春であるが、当時はすでに夏の季とされていた。

意味はいうまでもない。老いた人達が仏生会に寺参りして皺の手で数珠をくっている姿で、その寺の前を通った芭蕉の出会いの句であろう。

また他に七部集の中の「続猿蓑」という書には

稱名寺の「瀧仏や」の句碑

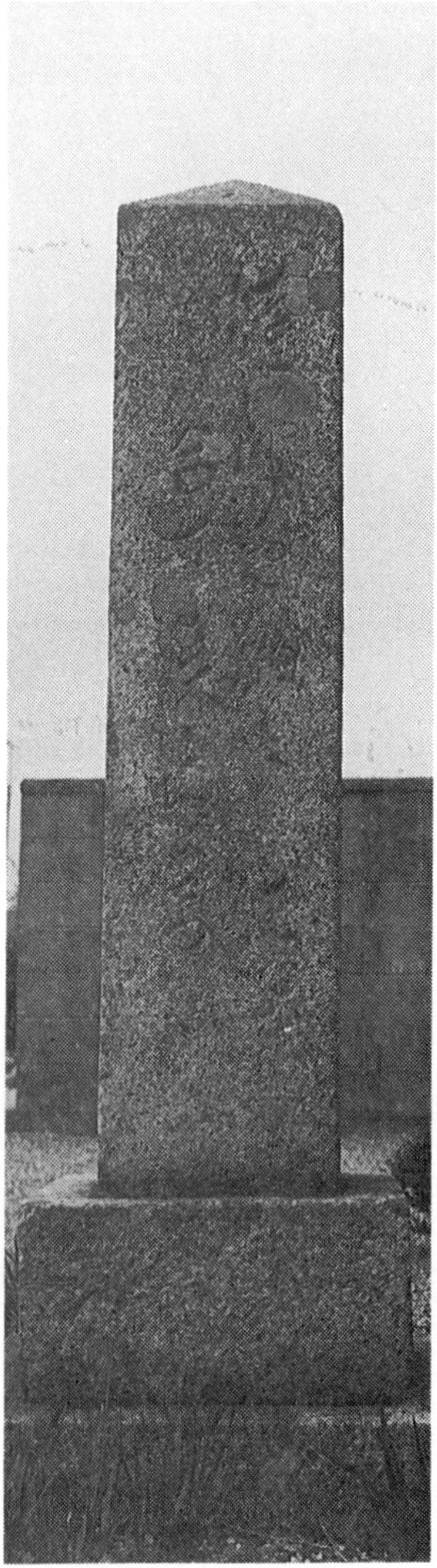

ねはん会や皺手合する数珠の音

となって出ている。ねはんとなると二月十五日、釈迦の入滅の日のことである。この頃は一月遅れの三月に勤修され、季語は春となる。

この句涅槃会が先か、瀧仏が先かなどと考えるのも一つの勉強であろう。涅槃会は寂しいし、瀧仏は喜びである。この句碑を建てた施主はそのことを考えて明るく、歓喜を祝しての方を思い建立したと私には思える。何れにしても善男善女の法縁の姿で尊い。

この碑の裏にも地方俳人の一句が刻されていることも付記しておく。

油日ヶ岳や那須ヶ原岳や高畑山の鈴鹿山系が真近に続く。いかにも農山村地方。古い仏像のある寺院が転在して、よい環境の町である。

6、いのち婦《ふ》たつ　中《なか》に活《いき》たるさくらかな

翁

水口町京町　大岡寺境内

近江鉄道本線　水口石橋駅

東海道五十三次の中の一つの宿場「水口」は甲賀郡の中心である。古くは水無口とか皆口《みなくち》とも書いた。江戸時代には本陣、脇本陣もあり、旅篭は四十一軒もあったという。石部の宿まで三里半、土山の宿まで二里二十五丁といわれていた。近年水口の一隅に城の一角が復元されて城下町、宿場町として、その風貌が整えられてきた。

さて、町の東の方のＪＲバスの「本水口」駅から城山の方を望むと、小高い所にお寺を拝する。そちらの方へ十歩ほど歩むと左手にちょこんと四角の石柱が少し傾きながら建っている。「鴨　長明発心所」「岡観音甲賀三郎兼家旧跡」「江州三十三所、二十六番、甲賀三十三　二十二番大岡寺」などと三面に刻まれている。

そして少し離れた右側に立派な寺碑が立つ。「国寶　本尊観世音　大岡寺」と筆太に書かれた素晴らしい筆蹟だ。

大岡寺の鴨長明発心所の碑

そこから拝する山門を通して本堂が拝める。石段の両側に一対の石灯籠があり、両方とも「照夜」と彫られている。

僅か三十五段の石段であるが、山門からは水口の街並みが見られるし、近年、国道三〇七号線へ続く真っ直な路がついた。あたかもこの寺への参道そのものである。

二重層の本堂に向かって礼拝をして山門をくぐった。

本堂のすぐ後は旧国道一号線が走り、俗に「古城山」と呼ばれている丸みを帯びた姿の山がある。その境内の本堂に向かって右側に芭蕉の句が建つ。硬そうな質の自然石はふと見ると冠のような姿石である。

いのち婦たつ　中に活たるさくらかな　翁

と四行に「ちらし書き」でその句が彫られている。細い字であるが石の質が良いので風化がない。じっとみていると上手な、なれた筆運びである。この碑は加藤蜃州が発起し、中心となって建立したと思われる。蜃州は水口城主の弟君の息子である。当時、京都東山芭蕉堂主人の高桑闌更《らんこう》の門弟の一人で、武将俳人でもあった。

その蜃州が郡内の俳人たちに呼びかけ、協力してもらって建立された水口町内での唯一の芭蕉句碑である。その賛同者の十名の名はこの碑の下部に記され、彫られている。寛政七年（一七九五）のことである。当時、日本の各地では芭蕉の百回忌が勤修されていた頃である。従ってこの碑も翁百回忌の記念であることはいうまでもない。建碑のその年からでも、すでに二百年も近くなった。

大岡寺の芭蕉句碑

さてこの碑の左側に円筒の石灯籠が建っている。「芭蕉翁碑前」

と刻され、裏には「寛政七年」という年号が読める。碑だけ建てるのが普通であるのに、わざわざ碑前の灯明石まであるというのもさすが蛋州らしいと感じ入った。この碑については地元水口町の古い旅館「ますまた（桝又）」のご主人である中村又兵衛という地方史家がとてもよく研究されていることを付記しておく。

芭蕉の「野ざらし紀行」の甲賀路の段に

水口にて　二十年を経て　故人に逢ふ　命二つの中に生たる桜哉

と吟じた。いうまでもなく「この甲賀の里の水口という所で、二十年ぶりの古い友達に出逢った。なつかしかった。私という命と、君という命、その命二つの中に、いま古木の桜がさいている。生かされていて嬉しい。逢えて嬉しい」という出逢いの感動を示したのである。この句は「命二つの」と「の」が入っていて破調の句という。が、この句碑には「の」がない。また「生たる」が「活たる」になっている。

さてこの寺は、方丈記を書いた鴨長明ともゆかりがある。一二一二年の本であるから七百八十年も昔の歴史なのだ。あたりの境内には厳谷一六さんの顕彰碑を日下部鳴鶴さんの文字で記された大きな碑があり、中邨栗園、中邨《むら》確堂の二基、また山門の傍には、①宮川次郎義穆　②中井梅右エ門　③西本祐準方則　④豊田美稲《びとう》　⑤油川信近ら五名の勤王の志士の碑も建っている。

7、行春《ゆくはる》を淡海《あふみ》の人とをしみけり　翁

甲南町杉谷新田　息障寺境内

JR草津線　甲南駅

甲賀というとすぐ「忍者の里」と思う人が多い。その忍者の郷は甲賀町と甲南町とのふたつがある。

甲南町にもJRの駅が二つあって西の方を「甲南」、東の方の新駅を「寺庄」という。甲南駅は以前「深川」と呼んだ。

甲南町の西はずれを「森尻」という。そこには矢川神社があり、杣川という川がある。杉谷川、磯尾川、そして浅野川の三つがこの森尻の辺で合流し、杣川となり、野洲川となるのである。

その矢川神社は由緒も深く、近年同社の社務所の襖が横井金谷の作品で、至極いたんでいたので県でも補助金を出し力を入れられて立派に修理され、県指定文化財となった。山門も修復され、太鼓橋も立派だ。それらに加えて宮司さんである杣庄章夫氏が蕪村の句碑も境内に建立された。

その矢川神社から杣川を渡り、真っ直ぐ進むと「塩野温泉」へ行くが、それより少し東へ行く

岩尾山息障寺への旧登山道標

と右へ折れる道がある。そこを走るとすぐ右側に「宮乃温泉」が見える。甲賀郡内での珍しい旧温泉地である。二軒とも鄙びた宿であり、お料理も特色があって美味である。なんといっても閑静そのものであって楽しい。

　さて、その道を少し進むと杉谷という在所である。甲南第二小学校が左に見える。そこらで左に折れずになお進むと市之瀬《いちのせ》へ入り、なおどんどんと山路を進むと新田《しんでん》という山の中の村落につく。そこからなお二キロほど走ると左手に沼というか池が二つ続く。そこら辺が甲賀郡の村はずれであり、県境でもある。注意していると山路の右手に古い石碑が見える。「岩尾山」と正面にあって側面には天保二年とあり他の側面には「左、いが」また、「甲賀准四国第二十五番札所」ともあった。

　ここら一帯は県立自然公園である。地元の老人クラブの人らはここまで奉仕に来ていてくださる。

　少しいくと右へ回る山林道が出来た。回り角の前には「三重県」という県境の道標が見える。この山林道をどんどん登ると「芭蕉翁旧跡」という角柱碑が右手に見える。車を止めてそぞろ歩くとその碑の横に大きな自然石が横たわっている。その岩は幅四メートル、高さ百九十センチあっ

息障寺句碑

た。その大岩に

　行春を淡海の人とをしみけり　翁

と刻されている。風化が激しいのと地元の花崗岩であるうえに、彫り方も浅いのでよほど手と目と頭で読まないと読めない。ついでに、その芭蕉の句のすぐ左側には

　ほととぎす卉（ぼさつ）物いはず
　月白し　ノ乚（ホッ）

とある。これも目を凝らしてみないと読めない。手で撫でながら読むのがやっとだ。「ノ乚」の二字は「へつほつ」と読むのだ。三雲の不動さんにもいた人であるらしい。俳人でもあったらしく、水口の芭蕉句碑建立の一協力者でもある。

　この寺は平安初期、延暦年間に最澄が開山となったという。天台僧の修行道場であり、忍者の修練場でもあった。あたりには

大岩や奇岩が散在し、海抜四百メートルという。冬は厳しく、つららがあちこちに垂れ下がっている。

息障寺寺標

奥の院まで石段を上ると半肉彫りの不動明王の磨崖佛が拝せられるし、その近くの大岩には「笑ひ笑ひ暮れゆく山の気色かな」という作者名の読めない句が刻されている。

そこら辺に展望所がある。郡内のあちこちや、池、山の眺望は実に素晴らしく、新緑や紅葉の頃には心の中にほっとするものを感じる。

そこから西南へと続く細い道を進むと三重県の山肌が見られ、奈良までの連山も望むことができる。そして行きつくと、前に来た息障寺の本堂の所まで戻る回遊道路になっていた。

伊賀の芭蕉の生誕の地も近い。恐らく芭蕉もこの山寺へ参ったこともあったのだろう。

8、秋やまにあら山伏の祈るころ　翁
山陰は山伏村の一かまへ　翁

甲南町　竜法師
JR草津線　甲南駅

甲西町の県道に三雲トンネルが完成されて甲西から貴生川、甲南、甲賀、信楽、三重県などへ行くのが便利となった。県では最も長いトンネルという。

トンネルを出てから甲南に向かって走る。矢川神社の森を左に見て少し進むと甲南町の新庁舎が左に見える。そのT字路を右折する。

竜法師から伊賀街道へ行く旧道である。在所の中を通りぬけて真っ直ぐに行くと右手に「嶺南寺」と大きい寺標が目につく。そこには天満宮の社碑もあり、道真の歌碑もある。

そこを右折する。少し上り坂である。その正面に芭蕉の句碑が招くようにして目立って建つ。

バックはこの寺の梅林。そして木立や遠い山の背である。

一見してはっと感動をおぼえた。芭蕉没後三百年忌の尊い施しであり、記念である。

甲南町竜法寺の嶺南寺の梅林境内

碑面には、

　秋やまにあら山伏の祈るこゑ

と三行に刻された。「あら山伏の」一行が少し大きい目の文字で力が入り、他は小さく書かれている。

早速碑の高さをはかった。碑高百十センチ、巾八十五センチ、厚さ四十五センチの自然石。そして台石も自然石高さ六十センチでどっしりとした句碑だ。あたりが広々としているから小さく見えるが大きい。上品で環境もよく姿も良い。

碑裏は石を美しく切ってみがいていた。

　伊賀街道竜法師邨《むら》は山伏の里、
　山陰は山伏村の一かまへ　翁
　元禄七甲戌年七月廿八日　真蹟
　献参百回忌　中谷深盛　裔　楓翠識

と四行に記されている。中谷深盛とは中谷楓翠さんのご先祖であろう。

聞けば平成五年四月に建立された。楓翠さんと奥

甲賀郡甲南町竜法師　山伏の句碑

句碑の裏に刻された山伏村の芭蕉句

さんの冨美子さんが早くから芭蕉さんのこの句の碑を建てたいと念願されていた。

　しかし、いろいろのことがあって実現されず、そのうち楓翠さんが病のためついに平成四年二月十八日、六十八歳で往生された。

　残られた奥さんが意志を継いでこの寺の一隅に建立され、亡夫の夢を実現されたのである。

　句碑の筆蹟は同町葛木の橋本翠律さんである。よく碑面にのっていて楽しい。

　この嶺南寺は天台宗梅香山という。ご本尊は鎌倉時代の地蔵尊で別棟のお堂においでだ。その堂へと続く道の辺の藤や梅は立派だ。ご住職は松岡徳昌師で永年本山へご出仕であったが現在は壇信徒への宗教活動に、また雨読晴耕にご精進とか。天台宗は質素を旨とするとおっしゃるが、ここの自然に抱かれての生活はすばらしい。

　竜法師は百七十戸、うち二十戸が天台宗、あと

竜法師の中谷楓翠邸

は浄土宗とかで仏教の村である。ご先祖の方々の中には山伏の人も多かったであろう。

竜法師といえば忍者の里の望月家がある。先年ＮＨＫが忍者の特集を放映した。鈴木健二アナウンサーが担当されていた。その望月家の菩提寺がこの嶺南寺である。

寺から少し離れると小高い山に広場がある。そこから見る山里辺はいかにも山伏の里であったと偲ばれる。

この中谷さんの先祖とも考えられる深盛さんも山伏の修業の一人であったかもしれない。古くは薬を製造したり、売薬されていたとも聞いた。

「秋山にあら山伏の祈声」という作品は「幽蘭集」に芭蕉の句として収められ元禄元年（四十七歳）の作、そして、「山陰に」の句は元禄七年（五十一歳）の吟で、「芭蕉遺芳集」にも出てくる。

何れも伊賀での句会の作品であるから、芭蕉が伊賀へ行く道中の体験の句であろう。

9、木のもとに汁《しる》も膾《なます》も桜かな　翁

甲西町三雲　園養寺

JR草津線　三雲駅

甲西町内で見晴らしのよい寺院は善水寺とこの園養寺の二ヵ寺ぐらいであり、園養寺と書いて「おんにょうじ」と呼んでいる。天台宗である。

JRの三雲駅から東「貴生川」の方向へ約二キロ程歩くと右手に「本尊大日如来　園養寺」との寺碑が目につく。左側は野洲川の上流で小さい駐車場がある。そこからJRの線をまたいで渡る。正面には石段が見える。最初は四十五段、続いて四十七段の計九十二の石段を上りきると山門がある。つい先日、この山門の瓦葺きを修理してふきかえられた。

その昔、この山門には志宇の筆による俳句奉納額があったがついに失われた。惜しいことである。山門をくぐると右前方に本堂を拝せる。歴史的にも古く、千年の昔、伝教大師が比叡山に延暦寺を建立される時、その用材がこの辺の甲賀の杣谷から牛車で運ばれた。ところがこの辺の急坂で牛馬が疲れて倒れ臥したのである。そこで、これらの牛たちを労《ねぎら》う心で大日如来を刻まれ、こ

園養寺本堂と境内

の寺で安全を祈願されたという伝がこの寺の由緒である。したがって毎年初丑の日に牛や馬の関係ある人々が参拝されて賑わった。

また、江戸時代には幕府から二百石の祿高を貰ってこの寺の住職は下の道や水口へ続く道の旅人の動静や水口の城主、甲賀忍者などの様子を報告する役目までしていたという。

それほどこの寺からの下界が遙か見下せる展望のきく高台でもある。現在はその場所に鐘堂があり、古墳があちこちと散在している。

さて、この本堂の前横に牛を祀《まつ》る小さな祠《ほこら》があり、その左側にこんもりとした大きなさつきがある。その中に岩の頭頂がちょこんと出ている自然石が芭蕉の句碑である。さつきが大きいのでついうっかりすると気がつかない人が多い。

木のもとに汁も膾《なます》も桜かな

膾は「なます」と読む。地上百六十五センチ、幅七十八センチでダルマさんのような姿の自然石で結構楽しい。

元禄三年　芭蕉四十七歳の春の作である。原典の前書きに「風麦亭にて」とあるので伊賀上野の風麦亭での作であったのだ。

桜の木の下で花見をして、簡単な食事をしていると、吹くともなく吹く春風に花びらがちらちらと舞い落ちる。お汁《つゆ》の中もなますのおかずの中にも桜の花びらばかりである。お茶碗にも、さかずきにも、頭の髪にも、肩にも、ただ花が散りくるばかり……。

春の詩興を美しくまとめて「しるもなますも」と世俗な語を使って俳諧味あふれている。

この句のあと「明日来る人はくやしがる春」と風麦が付けた。よくその心境を味わわせてくれる。

そういえばこの句碑の傍にも、展望台のあたりにも桜の木が多い。しかも、この境内の桜は日当たりが良いのか毎年普通より一週間は早く花を開く。おにぎりをもってこの寺での食事はとくに美味しい。また、月夜の少時間はいうまでもない。ついでにこの寺に残る「両界マンダラ」の二幅は実に見事である。

石段の両側に植えられたあじさいも良い。時々、ＪＲ草津線の単線の電車が柘植や貴生川へと上ったり、京都の方へ下る音が聞こえてくる。

ここらへんの田舎路はいつきても良い。

園養寺境内の芭蕉句碑

10、西行の菴《いほり》も有《あら》ん花の庭　はせ越

甲西町平松　南照寺境内
ＪＲ草津線　甲西駅

甲西町には天井川という川が多い。山から流れて野洲川へ落ち入るために人家より高い所を流れているのである。古くから東海道といわれる旧道を歩くと三雲学区では大きな天井川は三つあって、明治十九年頃にはそれぞれに隧道が作られた。地元の人らはこれを「マンポ」と呼んでいる。

先年、三雲から石部へ向かうと、三つ目の針と平松という在所の間の隧道が潰されて、川を平地に作りかえて流される大工事が完成していた。その在所を平松という。寺院が天台、浄土、真宗大谷派の三ヵ寺あって天台宗の寺が南照寺という。みな「松」のつく山号寺院である。近くにある天然記念物の「美松」に縁があるのだろうか。

この南照寺は松尾神社と同境内にあり、俗にいう「宮寺」である。古くは僧が宮さんのお守りもしていたのであろう。

この本堂に向かって右側の小さな庭の奥に芭蕉の句碑が建っている。

南照寺芭蕉句碑

南照寺境内の庭

西行の菴も有ん花の庭　　はせ越

の句である。芭蕉五十歳の春の吟で、元禄六年の作である。「露沾公にて」とわざわざ前書のある句である。露沾公とは磐城（いわき）の平藩主内藤風虎の二男のことで、麻布六本木に住んでいた。その六本木の邸へ芭蕉が招かれて詠んだ句である。句の意味は「お訪ねしまして、あたりのお庭を拝見しますと、ひろびろとしてお庭は深いですね。しかも桜が満開ですね。桜というとあの吉野山もいま美しいでしょうなぁ。あの吉野には西行さんの庵があります。ふと、この奥にも西行さんの庵があるような気がいたしました。そんなことを想像するほどのよいお庭ですね」というのだ。お客としての挨拶なのである。

この南照寺もそんな桜のある広い庭だったのだ。この句を選んだ句碑建立者の心に敬服する。高さ九十四センチ、幅三十九センチ、厚さ十八センチの自然石である。碑裏へ回ると「宮嶋美山建」とある。地面からすぐ建ててあるので素朴な句碑として品があってよい。石の姿も筆跡も良い。江戸の寛政頃の建立であろうと想像している。文字はこれまた推測であるが、ここの代官奥村亜溪の妻であった「志宇」（しう）という女流俳人の筆跡であろう。

この宮の拝殿には三十六俳仙の額がかかっていた。いまははずされて倉庫の中に収納されている。先日も拝見したが風通しが悪いのか、大分傷んでいるように思えた。安永から天保の時代までの俳人の面々の作品展である。

なお、この寺への参道の右側には「亀渕先生落髪之墳」と正面に刻しての一基があり、その側面には、

竹の月浮世の外の住居哉

と句が彫られ、他の側面には「天明丙未十一月」、裏には「宮嶋元渡建之」と彫られている。亀渕とは享和三年（一八〇三）十二月二十四日、六十二歳で没した服部盛章のことである。この芭蕉の句碑もこの宮嶋元渡が建てたかもしれないとふと心をかすめた。

芭蕉がこの地を歩いただけでこうした田舎に俳道の種がまかれ、こぼれ、育っていったのだと思い、「我が職にまさる職なし種をまく」と吟じた友人百姓の句を繰り返しつつ次の寺へと歩く私も幸せ。

11、ものいへば唇寒《さむ》し秋《あき》の風《かぜ》　はせ越

甲西町平松　西照寺境内
JR草津線　甲西駅

前記の南照寺さんの境内と地続きの所に西照寺がある。浄土宗の整った寺院である。前住の源信彦という老僧が、ふとしたことから「芭蕉句碑めぐり」をされた。そして晩年自分も一つ芭蕉さんの句碑を建てたいと思って建てられた句碑が、

ものいへば唇寒し秋の風

の句であった。

この字は芭蕉直筆の筆跡であるのが特徴である。

元禄四年、今から丁度三百年前の芭蕉四十八歳の秋の作である。わざわざ「座右の銘」と芭蕉が前書しているのだから老先生もこの語を心に抱いて生活しておられたのであろう。句意は「他人の前で調子にのって好きなことを語っていると、ふと折から秋風が唇にしみ込むようにあとから悔やむことがある。言葉はつつしむべきものである」というのだ。芭蕉はこの句の前に「人の

西照寺芭蕉句碑

短を言ふ事勿れ、己が長を説く事なかれ」とも記している。他人の前では他人の悪口、即ち短所などをいうな。また自分の長所（善い所）を他人に自慢するな――、というのである。

　このことばは他人に教えているように思う人もいるが決してそうではない。芭蕉は芭蕉自身に諭《さと》していると同時に、自分をいましめられたのだと思うのである。そう味わうところに芭蕉たる偉さがあると思われるのだ。お互いにそうでありたい。

　建立者の信彦先生もおそらくそう思い、自分に語りつつこの句を選ばれたのだと思っている。この点を先生に聞き正しておくのを忘れた。すでに他界されて何とも仕方がないが、ひそかにそう信じている私である。

寺碑の右側面に「浄土宗　平松山　西照寺」とあり、裏には「昭和三十二年八月　光誉代　寄進　平松季雄」と自筆されている。

先生はあちこちと回られて七百基ばかりの芭蕉句碑を訪ねられた。句碑めぐりの旅に出る前にはいろいろと勉強され、先輩らに尋ねてその所在地へ向かわれた。しかし、聞いた所にはなく、離れた所に句碑は動かされていることを先生は肌で感じられていたことであろう。

西照寺境内の比翼句碑

句碑の側面には「昭和五十五年庚申五月　美松山人建之」とある。美松山人とは信彦老師である。自然石で高さ百センチ、幅五十センチ、厚さ三十センチで上品な句碑である。
ついでにこの境内には前記の奥村亜溪と妻の志宇との比翼句碑がある。この碑も信彦先生ご在世の功績の一つとなった。
比翼とはふるくから仲の良い

西照寺山門

夫婦ということで、夫婦の俳句を同じ一つの石に刻まれた句碑を比翼句碑という。

県内で、この比翼句碑として建てられているものは、①この平松の西照寺　②草津市上笠の宗圓寺　③栗東町の東方山安養寺の三基である。

この寺にて志宇百五十回忌を昭和四十五年五月に勤修され、その記念の比翼碑なのである。

志宇についてはこの在所に「千載集」と題する俳人、歌人、文人、宗教家などの遺墨集があって甲西町指定文化財となっている。またそれをまとめた冊子も出来ている。

これは主にこの土地の天然記念物である「ウツクシ松」をわざわざ尋ねてきた旅人が志宇の願いに応じての短冊や小色紙などをあつめた楽しい短冊遺墨集である。

12、山路《やまじ》来て何やらゆかしすみれ草　芭蕉

甲西町　柑子袋
JR草津線　甲西駅

二月になると思い出す言葉の中に「針供養」というのがある。

過ぎし日にはどの家庭でも学校や職場でも年中行事の一つとしてこの針供養という集いや催しや「やすらぎ」があった。が、ある俳人が
「いつしかと忘れられゆく針供養」と詠むようになった。

しかし、ふと先日、テレビをみていたら釣り人の同好者がこの針供養をしていた。まことにほほえましく、かつ尊く感じた。

私は裁縫をする人たちの行事かと思っていたが間違っていたことに気付いた。

また病院などでも針供養をしているということも聞いた。ところが「時間がない」「場所がない」という理由で実施されているところは僅少という。

針のおかげで生活や健康や趣味を保たせていただいている私たちである。あらためて針のお陰

「ほほえみの水辺」の芭蕉句碑

をしる必要がある。

さて、石部町の東寺《ひがしてら》から柑子袋へ抜けると石部の落合川の所から西柑子袋の所へと出てきた。今もその街道の十字路には東寺参拝の道標が建っている。

その参道の傍には川がある。俗に落合川とか宮川とか広野川とか呼ばれている。宮川とは上葦穂神社があるからだろう。

柑子袋と石部東寺との境界の団地を「宮の森団地」、その東南が「高杉団地」と呼ばれている。その川上の辺に少しの広場がある。先日、役場の生活環境課の指導で遊園地というか、憩いの場が美しく完成された。公園の名も「ほほえみの水辺」と名付けられ、ちょっとした憩いの傘亭《かさてい》型のベンチも作られている。

その地域にはサツキ、ツツジ、ヒラドツツジ、コデマリ、サクラ、イロハモミジ、サザンカなどの数本が行儀よく植えられ、植物にはそれぞれの名札がつけられ、その種類も記されていて小さな植物園そのものである。

その入り口の一隅に「芭蕉句碑」が建った。

山路来て何やらゆかしすみれ草

芭蕉の筆蹟の句碑

の一句である。高さ一二七センチ、巾九五センチ、厚さ三三センチで落ち着いた自然石である。四国地方の石であろうか青味をおびている。
雨に濡れると美しいだろうと推測し、少し離れてみていたら、遠くにある阿星山の頂上とこの碑の頭頂部とが似通っているようにも思われた。
方角は南々東を向いて

いて、前の道を通る人々の姿を見守っているようだ。

この筆運びは甲子吟行の芭蕉の直筆そのものらしい。川のせせらぎの音を背にし、行き交う人々の会話を耳にしながらひっそりと建ち続けてくれるのである。

近いうちにはこの辺の川や岸の一帯を美しく改修されると聞いた。

「阿星山から流れるこの川をお互いに美しくすることは、川辺や地域に住む人々の生活を示すものである」とこの地域の方々は、気を配って掃除されておられるという。

この句は芭蕉が貞享二年（一六八五）三月中旬、京都から近江へ通られた山路での吟で、春の陽光をうけながらひっそりと咲いているすみれに目をとめ、自然の美に心を驚かされた一句である。

この地にこの句の碑を建立されたのも、またまた雅味の心のなすわざともいえよう。やがてこのあたりにはすみれも花をつけるであろう。

雑踏をさけてひっそりとした一隅の地に建つよい句碑である。

13、いかめしき音《おと》や霰《あられ》のひのき笠《がさ》　芭蕉

甲西町菩提寺　正念寺境内
JR草津線　石部駅

甲賀郡は水口、土山、甲賀、甲南、信楽、石部そして甲西の七町からなっている。甲西町で最も西のはずれが菩提寺である。隣は野洲郡野洲町、後方は蒲生郡竜王町、前は石部町、西方は栗東市である。

従って古くから菩提寺は交通の要所でもあった。奈良時代から鹿深《かふか》（甲賀）はこの菩提寺から信楽、油日、鈴鹿峠までと開けた地域だったのだ。

菩提寺という寺院名の村落が残っているのは、その昔、良弁僧正がこの地に三十七坊の寺院を建立し、金勝山を大菩提寺とし、この菩提寺を小菩提寺としたという。当時を偲ぶ古地図が現在も西応寺に保存されている。

それらの三十七坊は元亀の兵火で全て焼失、ただ石仏や石造品、また地名などが残っているのみで侘しい。

正念寺境内

その焼け跡に建立されている四ヵ寺のうちの一つの寺院が般若円満山　正念寺である。

真宗大谷派である。乾氏を継ぎ、古く、現在で四十四代となり、正念寺として改宗されてから、すでに十九代に当たっている。

大阪の石山寺（大阪城）合戦の中心人物の教如上人よりの自筆の書状五通が保存され、安土桃山、江戸初期の書簡として町指定文化財とされている。

さてこの寺の境内に句碑が三基建っている。①高桑闌更　②近藤精果、そして③松尾芭蕉である。

闌更の句は、

つくづくと海みて行けり春の雁

精果の句は、

水打って石の命の光りけり

である。闌更の句文字は闌更自筆の短冊からで、精果の句はこの寺の住職十九世の筆で、サインは故人の筆跡である。作者没後、甲西俳句社の面々による建立である。

芭蕉の句は、

いかめしき音や霰《あられ》のひのき笠

である。

元禄二年、芭蕉四十六歳の頃の作句である。「自画自賛」と前書があるところから、桧笠を傾けながら旅する侘しいうらぶれた姿でも画いてこの句を賛したのであろうか。

あられの降る旅の途中、桧笠をかぶっている私は、わずかの笠の上に落ちくる霰の音に聞き入った。きびしく心に泌む。その音をいかめしいと感じた詩情の一吟である。寒々とした心に泌む、旅での体験の一句であり、自分を見つけるよい吟である。

この碑の特色は三つある。一つは芭蕉没後二百九十年記念、二つにはこの文字は明治の文豪漱石の知己であり、「わが輩は猫である」の小説のさし画を描かれた中村不折《ふせつ》という書家で、画家でもあった有名な文人の筆蹟であること。三つには芭蕉の句だけでなく芭蕉の肖像画も彫られている。つまり不折の自画賛の作品である。もちろん原図はここ正念寺の夢望庵文庫に保存されている。

仙台の石で面がたたいてあるので拓本をとるのには容易である。

ついでにこの寺にはいろいろの俳人、画人らが描いた芭蕉翁の肖像画軸が百三十点ほどあり、俳人たちの作品や歌人らの貴墨が数多蔵されている。時々、折にふれて展示したり、作品の図録なども発刊されている。
「俳諧の寺」「文学の寺」とあだなされているという。結構な言葉だ。

正念寺境内の芭蕉句碑

14、道のべの木槿《むくげ》は馬にくはれけり　はせを

甲西町　下田

JR草津線　三雲駅

今までの県内の芭蕉句碑は六十九本であった。それに先日、七十本目が甲西町に建立された。甲西町の下田小学校の前を流れる川を古くから茶釜川という。決して大きな川ではないが、下田の町中を流れる祖父川と共に大切な川である。

この茶釜川の水が濁らないようにと、生活環境課の方と湖南工業団地とで考えられ、県の指導をうけながら「茶釜川水質浄化施設」が完成され、つい先日その通水式が挙行された。

このことは先日、甲西町広報「こうせい」や各新聞にも報道された。場所はちょうど、下田小学校の前の川辺である。

石碑には、

道のべの木槿は馬にくはれけり

と芭蕉の句が三行に彫られている。川石で青色の石である。方角は磁石で測ったら南東をさして

水質浄化施設の傍に建つ句碑

いた。

高さ百三十五センチ、幅百センチ、厚さ二十五センチという立派な碑である。文字はいうまでもなく芭蕉の文字の書き方であり、楽しい筆運びである。

約三百年余の書体であるので、どうしても読み難い。とくに木槿という文字はことさらである。

最初の日の通水式には下田小学校児童の代表者数人がこの碑の傍に格好のよい木槿を植樹してくれた。子供らもきっとこの樹とともに成長してくれるだろうし、こうした作業への参加は尊い出合いだろうと思う。

この句はいろいろと味わえる句である。馬が道の傍に咲いていた木槿の花をパクッと食ったという瞬間の写生、そして、そ

甲子吟行にある芭蕉句碑

の驚きと味わうのが最もよいかもしれない。

　それなのに、行儀悪く咲いていたので馬に食われたとか、出る杭は打たれるとか、無常を詠んでいるとかなど解釈される人があるが、芭蕉はそうした他人への教訓めいた句は作らなかったと思う。勿論、自分にはきびしかったのであるから、内省の句は時々ある。この句は初めて江戸を発って関西へ旅し、大津、石部、甲西、水口へと行脚した時の「甲子吟行」の書物にある句である。

　植物と動物とそして人間との出逢いの一句である。芭蕉四十一歳の句であり、その後十年目に往生されていかれるのである。

芭蕉は三重県の伊賀で生まれ、大阪で病没され、大津に埋葬された。

平成六年の没後三〇〇年を二年後にひかえ、記念の一つとしてこの句碑がわが町内に建立されたのもご縁の深いものを感じる。

この碑の傍を美しい水のせせらぎの音がいつまでもささやき、傍の木槿が年々咲き続くことを心から念じ、かつ、芭蕉と同じく、自然との出逢いの大切さを道ゆく旅人らが心するようにしたい。僅か三十メートル程の水質浄化施設であるが、実に立派な水への施設でもあり、住む人々の心の浄化へも働きかけてくれると信じている。

付近には、あせび、ねずみもち、あじさい、ぼけ、こぶし、ひらどつつじ、あじさい、うめもどき、いろはもみじ、やまもも、くまざさ、さざんか、椎の木、きんもくせい、花みづき、しゃりんばい、つげ、えにしだ、などの植物が植えられた。

自然し科学と文学との調和の川のせせらぎであり、心の安らぎの場でもある。

15、都《つ》つじいけてその蔭《かげ》に干鱈《ひだら》さく女　　翁

石部町　真明寺境内

JR草津線　石部駅

石部は宿場として江戸時代には栄えた。もちろん東寺や西寺という古刹があるように奈良、平安、鎌倉の三時代には佛教文化の尊い在所でもあった。

また万葉集にも「石辺《いそべ》の山」という歌もあり、JR石部駅前にはその歌碑も建てられている。古くは山手の方に村落があったのであろうが、東海道が出来ると今のような平坦な地に移ったのかもしれない。

芭蕉さんも今から三百年以前の貞享二年、四十二歳の頃にはこの町を歩き、石部の宿で憩われたのであろう。

現在、石部の町の少し西部の方に青木山真明寺という浄土宗の寺院がある。慶長二年、沙門嶺誉蓮幸大徳が開基され、境内は青木岩崎殿の城跡で二反七畝だから二十二歩あるという。ご住職は佐々木氏とおっしゃる温厚な御僧である。

近年山門も庫裡、座敷も新築されて落ち着いた寺院となった。

本堂の前の境内に高さ百九十五センチ、幅七十センチ、厚さ三十五センチの船底形光背の姿をした自然石に、

都つじ　いけて
その蔭に干《ひ》鱈さく　女　はせ越

と左から書き始め、三行にちらし書きされている。方角をはかったら西北向きであった。碑の前には「芭蕉翁句碑」と小さなしるべの石が新しく建っている。この小標石は前住職の光昭老先生の筆蹟で「昭和四十年に建てた」と語ってくださったことを思い出した。

自然石の句碑の姿はよいが、ここら辺の花崗石であるので柔らかく、落剝の跡がみられ、茶色くなっている。

あたりは銀杏やけやきの古木があって寺院としての森閑さを味わわせてくれる。ことにちゃぼや鶏が自然に放たれて飼われているのが印象に残る。

この句は「甲子（かっし）吟行」の旅の途上の紀行文中に「昼の休らひとて、旅店に腰を懸て」と前書をし、この句が記されている。大津から水口へ出る道中のことであるので石部とする説が多いし、またそれでよいと思う。石部あたりは現在もなおつつじの多い地方でもあるから……。

貞享二年、芭蕉四十二歳春の頃、大津への山路を越えつつ、

山路来て何やらゆかしすみれ草

の一句を吟じ、この石部の宿にて休んだ芭蕉さんは茶店の床机《しょうぎ》に腰をかけて眼前の光景をそのまま写生した句である。花を咲かせているつつじを折って来て、無雑作に信楽焼か石部焼か、それとも手桶かに投げ込まれ、その花の下蔭で女が昼飯のおかずでもあろうか、干鱈（ひだら）、俗にいうすけとを七輪で焼いて、それを手でちぎっている姿である。

単なる写生でもない。読む者になんとなく侘びた感じを与えている。ことに六・八・五と破調

真明寺の芭蕉句碑

の句ではあるが、何ら気にすることなくすらすらとリズムを整え、実景に即した秀吟と思う。殊に「割《さ》く女」の結句が生き生きとしてくる句だ。

石部町の句としては古くは智月の、

見やるさえ旅人寒し石部山

また、子規の句集にも石部の句がある。

この芭蕉の句碑を建てた人は「石部躑躅《つつじ》社中」である。幸いこの真明寺にはその建碑の唯一の資料といえる位牌が供えてあった。

真明寺に残る芭蕉供養位碑

表面には「芭蕉桃青法師」と文字が彫られてあり、裏面には、

「法師者伊賀人、藤堂氏家臣也。初名松尾甚七郎宗房。遁世遊於俳諧。号風蘿坊。意為一家宗。

元禄七歳甲戌十月十二日。寂於大坂。年五十有二」

「寛政八年丙辰秋七月。造立石碑於青木山真明寺院。収月供反地面料　施主、石部躑躅社中」

と木牌に刻され、すでに黒ずんでいる。高さ五十四・五センチ、幅十二センチであった。

句碑を建て、位牌を供え、しかもその上、地面料として布施しておくとは、なんと主催者の尊い心がけであろうか。

寛政八年（一七九六）であるから二百年余り昔のことである。

石部町には雨山文化公園が出来て歴史民俗資料館や文化ホール、図書館など文化施設が建つ。いつか俳諧を中心とした展示会なども催したいものだ。

もう一つ、この寺の墓地に「尾州熱田駅　鈴木七左衛門長裕墓」とある側面に「文月や雲のたしなき夜の空」という句が刻されているのを見つけた。この寺とどういう関係の人か不明であるが何とかして調べたいと思う。

ところで、この芭蕉句碑が建った頃、服部亀渕という文人がこの石部にいた。この芭蕉の碑建立の時は五十五歳にあたるのだ。この文人こそこの建碑の中心的俳人ではなかったかと想像している。

湖東地方(1)

栗東／野洲／近江八幡

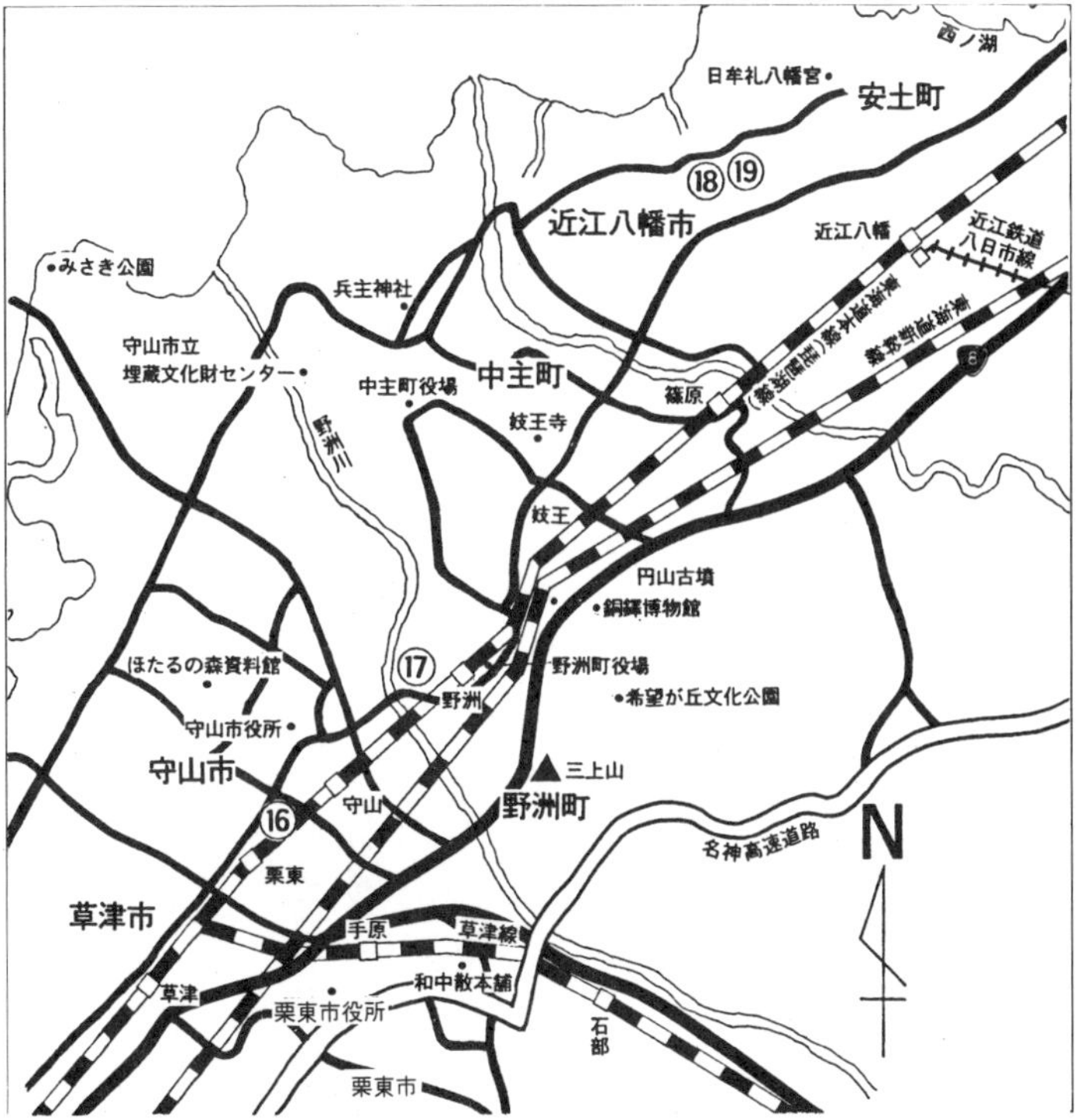

16、へそむらのまだ麦青《むぎあお》し春《はる》のくれ　はせを

栗東市綣《へそ》　大宝神社境内

ＪＲ琵琶湖線　栗東駅

さて、芭蕉の句碑を訪ね歩いた私の二十年前のノートには滋賀県内に六十七本がメモされていた。栗東町には綣村に一基ある。

ＪＲ東海道線の琵琶湖線の守山駅と草津駅との間に新しく「栗東」という駅が出来て「便利だ」と多くの住民が利用している。その駅辺が綣（へそ）村である。自動車で訪ねると守山の焔魔堂から中山道の二町（ふたまち）を越えると、左側に鎮守の森が見える。「街道に沿うて流れているこの水は枯れたことがない。古くはこの路まで藪であったが、近年に公園となった。みこしは三つ、そして子供用までできた。祭日は昔から四日だったが、この頃は五日に変わった」などと近くのおばあさんが教えてくれた。

大きな石鳥居がある。手前に石橋があって真っすぐに奥へと参道が続く。鳥居の前には「大寶神社」と美しい筆運びで書かれた社碑が建つ。「明治二十七年大越亭書」とあった。

大宝神社参道の傍らに建つ翁句碑

その鳥居のすぐ傍を左へ折れると明治四十三年生まれの十一人の人らが寄進された石灯篭があって、その後方に句碑がある。椎の木におおわれている立派な句碑であるが見逃す人も多い。

横幅二百三十センチ、高さ四十五センチの自然石を碑の台としてどっしりとのっている自然石の句碑は落ちついて品がある。

碑の高さ百十五センチ、幅八十センチで真ん中に額縁をとって

へそむらのまだ麦《むぎ》
青し　春のくれ　　はせを

大宝神社参道

と二行に書かれている。穏やかで、上品で、まじめな筆跡である。風雪のために少し読みにくくなった。その左側には、「楓崖書」とある。

句意は「ずっとあちこちと旅して歩いてきたが、ここ綣村あたりの麦はまだ青い。種蒔きがおくれたのか、寒かったのだろうか。もう、まもなく春も暮れようとしているのに……」というのだ。旅の途中の自然の風光の印象である。

句碑は西の方向をさしていた。

この句は芭蕉の句の存疑の部に入れられている。今後の研究の課題の一つである。

本殿へ参る道の左側に「楓崖先生」の石碑がある。立派なものだ。それによると、「名は光俊、通称は武雄、号は楓崖、京都の人。五歳の頃から足助氏に養われ儒学、神学、宗教学などを学ばれ明治三十年三月七日、七十歳で没した」という。なお、晩年「本立義塾」というのを境内に建てられ近隣の人達に儒学を教えられていたと聞いた。

この神社の由緒も本殿の入口にこまかく石に彫られている。今から千二百年前、悪病が流行して小平井から遷宮された。その年が大宝元年だという。だから大宝神社というらしい。

国や県の指定の狛犬の文化財や市指定のものもある。

この神社の境内は森閑として心がなごむ。本殿に合掌参詣して再び参道を下向した。

ふと、この句碑の文字はこの楓崖でなく、京、東山の芭蕉堂十世の山鹿楓崖ではないだろうかと私の心をかすめた。山鹿氏は明治四十四年に没した俳人で、子孫も京に現存されている。これもまた課題の一つとなった。

この地と別れる時、もう一度鳥居の所で振り返ったら、

みんなで守ろう　美しい自然

みんなで作ろう　きれいな環境

と書かれた栗東市と草津警察署との立看板が目についた。

いよいよ秋風が比良山頂から吹いて暑かった夏の別れを惜しんだ。赤とんぼも飛んでいた。

この句碑は栗東市内唯一の芭蕉句碑である。なかなかよい姿の句碑で品格がある。

17、野洲川《やすかわ》や身《み》ハ安《やす》からぬ　さらし宇《う》す　芭蕉翁

野洲町野洲　十輪院境内

JR琵琶湖線　野洲駅

三重県と滋賀県との境に続く鈴鹿山系から流れを発する野洲川も、この野洲町あたりまでくると一級河川の様相《よう》を保っている。が、平素の水の量は伏水となるのか、近年は少なくなっている。しかし、五月雨の続く頃ともなれば驚くほど濁流の大川となって変貌する。

中山道の「やすがわ橋」にしばらくたたずむと、三上山がくっきりと拝せる。ことに男山と女山とに別れているこの三上山の姿はまた趣がある。万葉集十二巻に「我妹子にまたも近江の野洲の川　安眠《やすい》も寝ずに恋ひ渡るかも」という古歌を思い出し朗読してみた。

いつしかこの辺には大きな橋がかかった。新幹線、八号線、国旧道路、JR琵琶湖線、中山道などと東京の隅田川堤みたいに数えられる。

さて、中山《せん》道の野洲の町を通って守山の方へ渡る橋のたもとに三共という医薬、農薬の株式会社が目につく。その会社の前の一角に宝形《ほうぎょう》造りの小さな寺院の屋根が拝せる。十輪院という黄檗

十輪院の前庭の石仏群

十輪院御堂

宗の寺である。
　先日まで本堂の傍に庫裡が建っていたが、今日訪れたらすでに毀（こわ）されていて「がらん」としていた。寺の境界には細い道があり「近江キルトＫＫ」という指示板があり、その隣には「湖南住まいづくりセンター」という建物がある。
　寺院がこわされたために外の道から芭蕉の句碑がまる見えである。野洲川原で拾ってきたような一抱えもしない小さな堅そうな質の石である。
　亀の頭のような石に細い筆跡で

　　野洲川や身ハ
　安からぬ　さらし
　宇す　　　　芭蕉翁

と三行に刻されている。
　高さ五十五センチ、幅二十三センチ、

十輪院に立つ芭蕉句碑

厚さ二十五センチである。磁石は南南東を指した。「野洲川や身は安からぬさらしうす（臼）　芭蕉翁」と読むのだ。

野洲は芭蕉の師季吟の故郷でもあり、江戸時代には野洲のさらしとして有名でもあり、さらし屋としてはなんと百三十軒もあった。以前、戦前、戦後しばらくは広いさらし場を持つ家も残っていたし、遠藤さんという古い家屋も、さらし屋の遺構もつい先年まではあったが、今は見られない。

さらしとは晒と書いて漂白したものとか、さらし木綿のことである。ここの野洲川の水が美しく、良好であったのだろう。よく製造されたのだ。しかし、その作業は重労働でもあったという。

そういうと芭蕉もその重い作業を目にみて安からぬと吟じたのだろうか。もちろん、野洲川と安との言葉のかけ語としても考えられたであろうし、前記の万葉集の安眠（やすい）の語も知っておられたのかもしれない。木綿または麻を煮て臼でついて、また煮て搗いて、水でさらすなどの作業を繰り返したというのだ。

玉葉集という古い書物に「旅人も皆諸共に朝たちて　駒うちわたすやすの川ぎり」というのがある。橋のない頃、旅人は渡しにたよらなければならない。誰もが「安からぬ」と案じたのであろう。そこで、これらの旅人を守るために毎夜灯を高い所へかかげたのがこの寺、十輪院であったのだ。本尊は地蔵尊である。現在の灯台守の役をしたのがこの寺の住職であり、世話方であったという。当時は立派な寺院としての風格もあったらしいが歴史を経て、今はその姿が侘しい。

句碑も旅する芭蕉を偲ばせる姿の石である。この句は芭蕉の句であるか、どうかはっきりとしない。想像するとどこかのさらし屋の一軒に、また宿の一隅にこの句の短冊があり、芭蕉とされていたのかもしれない。

何れにしても捨てるわけにはいかない。むしろこれを縁として後人の私たちが研究すべきであるし、野洲の町としてもこの句碑を大切にし、かつ芭蕉を顕彰することに心を向けて欲しいと思う。とにかく野洲町には風流な文人が多くいたらしく、あちこちに芭蕉以外の俳人の句碑にも出会う。この句も野洲郡唯一の句碑で大切にしたい。

18、比良《ひら》三上《みかみ》雪さし　わたせ鷺《さぎ》の橋《はし》　はせ越翁

19、一聲《ひとこえ》の江《え》に　横《よこ》たふやほととぎす　翁

近江八幡市小船木町　願成就寺

JR琵琶湖線　近江八幡駅

近江八幡市というと私は鶴翼山（二百七十二メートル）という山を思い、豊臣秀次が築いたという城下町、八幡堀、そして江戸時代の近江商人などを思う。

近江富士といわれて親しまれている三上山はわずか四百三十二メートルの高さであるが、遠くの各地からその山頂が望まれ、「ふるさとの山」として心におさめている人が多い。

しかし、この八幡山の鶴の羽をひろげた姿の鶴翼山は守山や野洲・大津あたりから眺めると実に品があって楽しい。誰が名付けたのか知らないがよい名の山である。

その山頂までのケーブルを利用すると村雲瑞龍寺に参れる。そこの境内から眺める晴天の日の展望はすばらしい。

さて、その近江八幡市内を通る京街道がある。市内の中心あたりから小舟木へと通じる路を大

津の方へ歩むと小高い山に突き当たり、少し曲がる所に石の階段が見える。このあたりを小舟木商店街といい、この山を「観音山」と地方の人らに親しまれている。

石段を背にして街角に立派な寺碑が建っている。「本尊十一面観音菩薩」と正面にあり、右側面に「施主　野間清六」、裏面には「大正五年十月一日、叡嶽沙門義哀書」とあり、大きな角印が押されている。

野間清六といえば東京国立博物館の学芸部長までされた美術史家として日本的にも有名な人であり、近江八幡市としても県としても誇るべき人で、昭和四十一年十二月十三日、六十四歳で没した。「飛鳥、白鳳、天平の美術」という本を楽しんで愛読した頃がなつかしい。

正面の石段は八十段。右側の女坂の石段は七十段で斜めになっていて歩みよい。その石段の前に「木の中地蔵」重要文化財と標示され、また四国八十八所霊場と陰刻された石標も立っている。

通りがかりの街の男の人が私に「木の本の地蔵さんというのがあるやろ。あの地蔵さんと兄弟でなぁ、末の地蔵さんとその中の地蔵さんと三つがあるのや。五年に一度ご開帳があって毎月二十三日がお祀り日で、昨日はちょうど九月の例祭やった。で、もう少し右へ行くと自動車で登れる細い道があるさかい、行かいい」と教えてくれた。

なるほど五十メートルほど下ると右へ行く急坂があり、竹薮の中をぬけると境内へと展けた。ついた所の右側に句碑がある。

比良　三上　雪

さし　わたせ
　　鷺の橋

と三行に彫られた芭蕉句碑である。右下の方に「はせ越翁　魯人拝書」とあった。

　さっそくその大きさを測った。高さ百三十センチ、幅二十五センチ、厚さ二十五センチの自然石で塀のような、額のような、つい立てのような整った句碑である。台も自然の石組というか、岩の上に少しくずれ組の人工を加えられた素朴な石くみで大きい。

佃房の社中が建立した芭蕉百回忌記念句碑

方角を、持っていた磁石ではかったら西南西をさしていた。碑の裏には多くの文字が彫られている。陰裏《かげうら》であり、風化しているのですぐには読めなかったが、目を凝らしてみていると、どうやら読めてきた。

芭蕉二百回忌記念句碑

「蕉翁二百年忌爲追弔　明治三十六年（一九〇三）十一月二十八日」とあり、その他、裏面にいっぱい文字のあとがある。どうやら、当時の協力者名であろう。ざっと百人近いのかもしれない。縁あれば拓本をとって読んでおきたいと思う。

この句は芭蕉四十七歳の時、元禄三年の冬の作である。しかもこの句の前書には「湖水之眺望」とある。

鷺の橋というのは、かの七夕の夜に牽牛、織女の二つの星が相逢う時、鵲（かささぎ）が翼を並べて天の川へと渡すという想像の橋から思いついて鷺に橋をさし渡せといったのである。

「琵琶湖の湖水を中にして相対している比良山と三上山とには雪が積もっているが、おい、いま飛んでいる白鷺よ、その山と山とにあの鵲《かささぎ》の橋のように雪のように真っ白な鷺の橋をわたしておくれ。そうしたらこの美しい琵琶湖も更に美しい湖となり、近江の景観もなお美しく眺められるだろうよ」と夢のような幻のような童心になった芭蕉の詩心を示したのである。

西近江と湖東との連絡を吟じたのだ。現在ちょうどここに琵琶湖大橋が完成したのもこの芭蕉の句を心にして当時の谷口久治郎さんという風雅な知事さんが思いたったのだろう。

碑の前には昨日の護摩の火のあとが匂っていた。その傍には奇岩が盛り上がって、ちょうど宝船の中に七福人でも乗せた姿を偲ばせるような自然の岩石の石組があった。

建碑主宰者である魯人は岡田氏で近江八幡市の在の人である。晩年膳所義仲寺へ入庵され芭蕉を慕い、無名庵のために尽力された雅人俳人である。

次に本堂に向かって観音堂と、不動堂と並び建つみ堂を拝した。秋の鳥がしきりに啼いていた。

その本堂までの右側に鐘堂がある。古い梵鐘がつられている。慶長十六年（一六一一）の願成就寺の梵鐘として世に知られている釣り鐘である。いうまでもなく桃山時代として市の指定文化財の一つである。七月の五日、六日頃ともなると、この山上から響く鐘の音は近江商人のふるさと、ここ八幡市の町々に流れたという。この梵鐘にも当時の寄進者の名が刻されている。一つ撞きたかったけれども止めた。

ところでその鐘楼の前にも芭蕉句碑が一基ある。

一聲の　江に

願成就寺本堂　向かって左は不動堂

横たふや　ほととぎす　翁

と二行書きにしていた。

変体かなを利用して美しい筆ぐきの跡である。拓本にでもとって拡大したらよい習字のお手本にもなりそうだ。

裏面には「于時寛政五癸丑冬十月、蕉翁百回追遠日建之。江東　竹菴《あん》　佃《つくだ》房男　副墨庵社中」とあった。寛政五年は一七九三年であるから今年で百九十八年昔のことである。

この句は「郭公（ほととぎす）声横たふや水の上」の吟とよく議論されている。いずれにしても芭蕉五十歳の元禄六年の夏の作である。

ほととぎすという字は時鳥、子規、杜鵑、蜀魂、郭公、杜宇、不如帰などと漢字を充てていて、それぞれに意味やいわれがあるのだ。郭公と書いて「かっこう」というのがあるが、別の鳥であることはいうまでもない。

この句については「三冊子（さんぞうし）」や「篇突《へんとう》」という俳書にいろいろと論が述べられている。

その「郭公声横たふや」の句の意味は、「あれあれ、ほととぎすが大きな川の上を啼いて過ぎた。その声があたりの静けさを破って、水の上をずっと広がっていくよ」というのだ。この碑の「一声の江に横たふや」の句は同じような意味ではあるが、前の句より鋭く迫ってくるひびきを感じさせる。

芭蕉の書簡を読むとこの句について「時鳥声横たふや水の上にするべきか、一声の江に横たふやほととぎすにしようか、推稿（敲）に定め難き所」と悩んだらしい。

ふと私は夜の景か、昼か、朝か、と考えたが、どうやら夜の方が楽しいし、「一声」の句の方がはっきりしていてよいと思っている。

建立者の佃房は八幡市の古い俳人の一人で、佃房原元のことである。赤貧の生活をし、酒を好み、意気慷慨する風雅人であったという。猩《しょう》々庵とも号したのは酒好きであったからかもしれない。この人については伴蒿蹊や先年亡くなられた古市駿一先生が勉強されて一文を草しておられるので参考に加筆した。必読の書である。

従って、この碑は佃房男とあるから、その子である副墨庵の面々が建立したのであろう。

碑の大きさは高さ四十五センチ、幅二十七センチ、厚さ二十七センチという四角柱で上品なも

願成就寺の境内の奇岩

のである。台石としては句の碑の石質と異なるみかげ石を袴のように裾広にしている。高さ九十センチ、すそ幅九十センチで方角は北東を向いていた。

台石の組み方が乱れてきた。縁あれば是非営繕して欲しいと思う。石が割れてからでは大ごとになるので……。

こうして二百年前に芭蕉を慕い約百年ほど以前にも芭蕉を尊敬しての二基の句碑が建つこの地は、芭蕉追慕の地で他所にはみられない。それらの建立に協力された文人俳人らに敬意を示すものである。

ぜひ、私たち後人も力を合わせて近い年にこの境内の一隅に芭蕉翁三百年忌の一碑を建立したいと願う一人であるし、地元の文化人にも提案して呼びかけをしたいものである。

こんなことを思いつつ境内を散策すると、建っている碑がみな雅味のあるようにみえる。

身はここに心は信濃の善光寺

みちびきたまへ弥陀の浄土へ

とある歌の刻された碑も建っている。

「来年の三月にはここの本尊のご開帳があります。ぜひご縁を結んでおくれやす」とここのおばあさんが私に声をかけてくださった。

ご老院はすでに亡くなられ、比叡山の学校の先生である小西現住職さんも勤務のために留守であった。芳名録を出されたので拙い筆跡を残しておいた。

にわかに降ってきた雨にも、いよいよ冷ややかさを覚え、芭蕉忌の十月十二日の初時雨も間もない時季となった。

湖東地方(2)

日野／永源寺

五個荘町
安土町
東海道本線
五個荘町
歴史民俗資料館
東海道新幹線
秦荘町
金剛輪寺
石馬寺
安土城跡
観音寺城跡
桑実寺
近江風土記の丘
五箇荘
愛知川町
安土
観音正寺
五個荘町役場
安土町役場
JR安土駅前広場
安土町城郭資料館
百済寺
名神高速道路
N
新八日市
太郎坊
太郎坊宮
武佐
平田
万葉歌碑
八日市
八日市市役所
近江鉄道八日市線
市辺
永源寺
愛知川
国民宿舎もみじ荘
長谷野
八日市市
大学前
八日市IC
永源寺町役場
苗村神社
竜王寺
竜王町
京セラ前
石塔寺
桜川
竜王町役場
蒲生町役場
永源寺町
朝日大塚
蒲生町
近江鉄道本線
朝日野
日野町役場
日野
雲迎寺
日野町
日野水口グリーンバイパス
ホンシャクナゲ群落
水口松尾

20、はがれたる身《み》にはきぬたのひびき哉《かな》　芭蕉

日野町別所　国道三〇七号の道端

近江鉄道本線　日野駅

旧一号線の水口町新町から日野への道を行くと近江鉄道の水口駅が左にあり、右には古城が丘がある。松尾という在所の信号を越えると田舎路でほっとする。しばらく行くと右側に大きな寺院形式の天理教の屋根が見える。そこら辺から日野町である。

左手の高い所に林が続き、その林の中に旧来の江戸時代からの水口から日野中山や別所という在所への径があったのだ。現在は通る人とてない。

その昔、寛政の頃、天明俳人高桑闌更が京東山芭蕉堂から発足してこの日野へ訪れた時、ちょうどこの山道にさしかかった時の印象を、

「神無月廿日あまり、故翁の湖東行脚の旅をしたひ、日野山の辺を過るに『剝れたる身にはきぬたのひびき哉』と聞えしも、今はむかしにて、めでたき御代のしるしなるにや。山も岡となり、林も畑とかはりて白波の煩ひもなきをりから「紫英亭」にいたりてしばらく時雨をはらす

剰れざる身に冬しらぬ舎りかな」　　　　　　　　（原文のまま）
とあるが、まさにこの地のことで端的に俳人らしく評し、詠じている。
つい先年まではこの山みちの路肩の一隅に建立されていた芭蕉句碑が、三〇七号線が拡幅、完通されたので、下へ運び移された。かつ、附近にも別所の曙団地もでき、その国道添いにある松の空地をみつけて山の中の道辺にあった芭蕉句碑が見られる。その句碑の近くには早速「芭蕉逢難の跡」という看板が建ち、伝説文も日野名所の札も建てられている。
この句碑の自然石はちょうど頭巾を召された芭蕉翁が坐しておられる姿にも似ていてまた楽しい。「淇水建焉」とあるから建碑者はおそらく岡崎淇水であろう。
高さ百二十五センチ・幅百五センチ・厚さ十五センチで左側面には「天明八年冬」とある。天明八年というと一七八八年で、すでに二百四年も経っているのだ。冬というのは芭蕉の命日十月十二日をさしているのだろう。
碑面の方向を磁石でしらべたら、北北東である。ちょうど以前に建てられていた方角である。新しく建碑された人達の心づかいを嬉しく思った。それとも偶然かな？
碑面には、
はかれたる
身には
きぬたの

芭蕉の句碑　日野町別所

ひひき哉

と四行に刻され、まじめで達筆な筆あとである。
右下の方に芭蕉と彫られていた。

天明という時代は芭蕉没後九十年あたりで、全国各地で「芭蕉にかえれ」と旗印をかかげた芭蕉復興運動のさかんな年代であった。したがってこの碑も没後百年をひかえての芭蕉翁を慕う心のあらわれであろう。

しかも芭蕉がこの山の中で白浪《しらなみ》という若い追い剝《は》ぎ盗人に出逢い、反古《ほご》ばかりもつ荷物までしらべられ、その上、着ていた衣類まで剝がれた芭蕉が、それら数人の若い盗人らに「正しい生業につくように」とか、旅人をいじめることをするなとか、仏法でいう自業自得の法や自縄自縛の理などを説教したというのだ。それを聞いた盗人はせめてもと下の衣類をかえして消え失せたという。

このことは前記の関吏の「俳諧世説」という書物に載っている。ひょっとすると、この書物が

国道307号沿いの遭難の地

縁となって京都からこの日野まで、闌更が訪れてきたのかもしれない。

さて、この句はきぬた（砧）で秋の季語である。元禄年中の作といわれ、「ばせを盥《たらい》」という書には「あふみ路を通り侍る比、日野山のほとりにて胡麻といふものに上の絹をとられて」と前詞してこの句がある。また他の書には「美濃の山中にて」との一説もある。

句の意味は盗人に荷物も着物もはぎとられて、やっと里近くまでやって来た時、村人らが布を打つ砧《きぬた》の響きを耳にすると薄着の自分にはひしひしと響いてくるわい、普通でも砧の響きはもの佗しく身に染《し》むものであるのに……というのだ。

またこの句に似た「はがれつつ身には砧のひびき哉」というのがある。やはり「つつ」より「たる」の方が印象にのこる。

碑の傍には慶応二年の銘のある往来安全を願っての名号碑も建てられた。そして団地の一角に「芭蕉」というどんやが出来ているのも興がある。

21、葱白《ねぎしろ》くあらひ上《あげ》たる寒《さむ》さ哉《かな》

日野町大窪　遠久寺境内

近江鉄道本線　日野駅

日野の町は「近江の京都」とまでいわれた時代があった。街なみも、家の造りも、人情も、祭も、文化も、寺院の格式も立派さもどこか京都に似通う所が現在もまあることは誰しも感じる。大窪というバス停あたりが中心街とみえる。そこを右へ折れると鎌掛（かいがけ）へ行く曲がり角がある。そこをほんの少し歩むと左側が浄土宗の大聖寺で右側は大窪の会議所や山車《だし》庫がある。その隣が雲高山遠久寺という。浄土真宗本派（俗にお西）の寺院である。

山門をくぐると臘梅の匂う境内である。本堂に軽く礼拝する。向かって右手の木のもとに芭蕉句碑がひっそりと建つ。

葱白くあらひ上たる寒さ哉

地上り高さ百三十センチ・幅五十センチ・厚さ二十センチの自然石で句碑にぴったりの姿である。南南西を向いていた。

傍には高さ七十三センチほどの角柱の灯炉まで寄進されていて頭が下がる。

碑裏には「文政十二年巳丑初冬逸井建」とあった。もちろん灯炉も同一人であろう。

本堂へ参らせて貰おうと思って向拝に立つと両側に一対の石灯籠がある。いつ頃のものかと近

葱白くの句碑　遠久寺境内

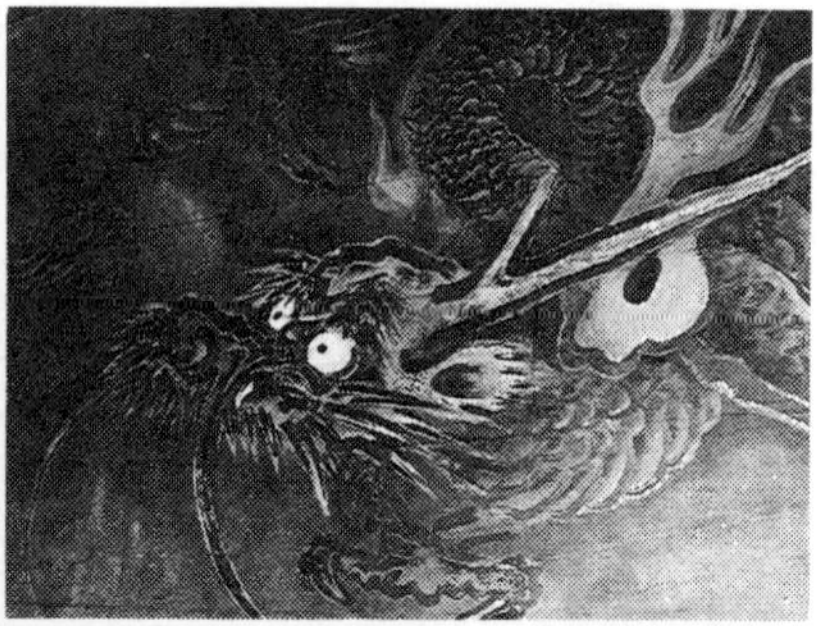

遠久寺本堂の天井画

寄ると「文政十二年巳丑　林美啓」と読めた。

句碑の年号と同じである。偶然かも知れないが同一人の寄進か。もし、そうとすると「林逸井」という俳人かもしれないと胸をかすめた。そうはいくまいなぁ。

本堂へ参り、短い読経をし、仏さんへの挨拶とした。ここの本堂の天井がまたよい。

高田敬徳、高田三敬、谷田輔長の三画師による合作品の画である。もともとこの日野には高田敬甫という有名画人がいた。この三名もその同門であろう。筆法もよく似ている。画には〃寛政十二年、高田敬徳　七十有四画〃とあり、同年止斎谷輔長、高田徳輔とサインをし、印には竹隠四世とあった。

遠久寺

とにかく寛政の時代にはこの本堂も美しく、新しく建築されたのかもしれない。

さてこの葱白くの一句についてであるが、元禄四年、芭蕉四十八歳の冬の作である。季語は寒さである。葱も冬の季語ではあるが従とみておきたい。十月に美濃垂井の僧の規外のもとで詠まれたとされている。

畑からひいてきた葱が、農家の傍の川ですっかり泥を落として川の岸のあたりに積んである。その色の白いこと。まったく寒々と感じられる。洗う農家の人の吐く息も白く、川の水の水煙も白く、洗う女の脛や掌も白くかつ、葱まで白い光景である。詩的な感覚の一吟といえよう。葱の白さには一種の光を帯びていることまで感じさせる。

この日野町は農産物として現在も日野菜として有名である。古くからこの地では葱の栽培も多かったのであろうか。

22、観音の甍《いらか》見やりつ花の雲　　はせ越

日野町鎌掛　正法禅寺境内
近江鉄道本線　日野駅

この遠久寺さんの山門を出て右の方へと進む。木津這上りとか、寺尻とか小井口などという在所をぬけて行くと鎌掛という町に着く。古くは一字《あざ》一村であったという風雅な在所である。

この在所を通り過ぎると普門山正法寺という小さな臨済宗妙心寺派の禅寺に逢う。地方では「藤の寺」と呼ばれている。境内に藤の古木があって晩春から初夏にかけてすばらしい数多の藤房が垂れさがって、それはそれは美事なものである。

その寺の境内には三基の句碑が建っている。現代俳人の皆吉爽雨の「青きふむ近江も湖のとほき野に」。その門弟といわれる地下《げ》のご院主俳人山上荷亭の「さまざまの別れに遇ひぬ露の秋」。そして、芭蕉の「観音のいらかみやりつ花の雲」の三基である。

芭蕉のは高さ百二十五センチ・幅百センチ・厚さ四十五センチというどっしりとした自然石の句碑である。北北西を向いて建っている。句の筆者は梅室らしいと感じた。

かつて三十年程以前にこの句碑について調べた記録をみると文政年間、この鎌掛の俳人幡龍という人の発起で建立され、書は桜井梅室としるされていた。

観音の　甍　見やりつ　花の雲　　はせ越

と四行の散らし書きがおとなしく、いかにも春らしい気分までも漂わせてくれる。石の目方も重いだろうに、こんなよい石があったなぁと感じ入って石を撫でたりした。

正法禅寺の句碑

さて、この句は芭蕉四十三歳の貞享三年の春の作。病で臥っていた芭蕉がようやく快くなって、静かに窓辺より遠くを眺めていると江戸浅草の観音さんあたりは花の雲で蔽われている。その上に観音さんの屋根だけが見える。「みやりつ」という語の感じがいかにも春らしく、ものうげさがある。病みあがりの芭蕉の感情と句のリズムとが呼応しているようである。

この句のあとに「かねは上野か浅草か」と詠んだのである。

あたりの墓地には古い石造の宝塔もあり、近くには「亜炭」という燃料も多く出た。

正法禅寺

太い五・六本の藤も五月中頃には数百の房を垂れて花をつけてみごとな頃になると参詣客も多い。

本堂には奉納俳句額などもかかっている。

この俳味のある境内と別れようと思った時、塀に貼られているステッカーには、「帰るとき、来た時よりも美しく」とあった。土地の老人会のある人の文字らしい。

ちなみに近くには石楠花《しゃくなげ》の自生地、天然記念物として保護されている溪谷がある。

日野町へは大阪の西山宗因も伊丹の上島鬼《おに》貫《つら》も訪れているから恐らく芭蕉も来たとも考えられる。

そういう俳諧人の種がこの町にまかれ育っているからか知らないが、この日野町には句碑が多い商人町であり、落ちついた文化的な町でもある。俳人も多い。

23、こんにゃくのさし身《み》も少《すこ》し梅《うめ》の花《はな》　はせ越

永源寺町高野　永源禅寺境内

近江鉄道本線　八日市駅

永源寺町内の二基

近江の紅葉の名所といえば永源寺というし、永源寺といえば「紅葉とこんにゃく」とこだまのように返ってくる。

古くは飯高山といったらしいが康安元年（一三六一）に伽藍を建立し、寂室元光和尚《じゃくしつがんこうおしょう》を請して開山とし瑞石山《ずいせきさん》と号したという。約六百三十年も昔のことである。

近年足の弱い人の為や自動車の便利のために裏参道が出来たが、やはりこの寺は表参道の階段を登って参るのがよい。百二十段ほどの七十段はいつも掃かれ、山際の岩上にはそれぞれのご面相をした十六羅漢さんが心をなごませてくれる。青葉も黄葉もはた紅葉などの舞う姿や陽光に輝く光景は、さすがと思える。登りながら右手の谷底をみると愛知川の上流が木の間に光る。寺や地元では音無川と名付けて呼ばれている。

石段をのぼりつめると受付の小門が眼に入る。ここらの紅葉はとくにすばらしい。左手の自然石には五老井窠雄の句碑があり、洗耳と刻された自然石の大きな手水鉢がある。

そこを過ぎると重層の山門がそびえて建つ。いかにも禅宗本山の格式をおぼえる。鐘楼が見えると庫裡や本堂がある。本堂のことを方丈と呼んでいる。それはそれは立派なものである。明和二年（一七六五）に建立と聞く。葭葺《よしぶき》の大屋根は国内屈指と伝える。夏はとても涼しく、いかにも寺へ参った気がする。そこを奥へ歩むと右側に禅堂があり左手には法堂がある。

こんにゃく句碑

永源寺山門

その辺に一基の句碑が建っている。

　二月十七日

　こんにゃくのさし身も少し梅の花　　はせ越

背の高い句碑である。測ったら高さ二メートル八十センチ・幅九十五センチ・厚さ二十センチであった。

　裏へ回ってみると「昭和四十九稔穐《ねんあき》彼岸。蒟蒻《こんにゃく》製造　上田亀太郎建立」と彫られている。

　向かって右に白梅、左に紅梅らしい古木が植えられている。

　この句は芭蕉が亡くなる前の年、すなわち元禄六年五十歳の春の作といわれている。「小文庫」という書物には「いかなる事にやありけむ。去来子へつかはすと有り」と前書があってこの句が出ている。また、「芭蕉翁発句集」という書には「去来のもとへなき人の事など云遣すとて」とある。これらのことから去来の妹（ちね）のことを思い出しての一句であろうか。蒟蒻の刺身というのはゆでて（煮る）魚肉のようにさしみにし

永源寺の茶筅塚

て酢味噌で食べる。

一句の意味は「思うと今日は亡くなられたあの人の命日、菎蒻のさしみも少しではあるが仏様にお供えし、ついでに咲き初めた梅の一枝も手折って菎蒻と共に仏前にそなえて、ありし日のことごとを思い出している私です」と去来に告げる。

芭蕉は菎蒻《こんにゃく》が好物であった。そのことをよく知っていた去来は芭蕉の心の温かさを一層しみじみと感じたのであろう。侘しい芭蕉の生活の一端と、亡き人への思いやりの心にほのぼのとする一句である。また梅の咲く頃に菎蒻のさし身を食っている芭蕉の生活のすさまじさをも感じる私である。

蒟蒻にけふは売りかつ若菜哉

という芭蕉の一句もつけ加えておこう。

現在の管長さんは百四十三代目で建仁寺からおいでになった篠原大雄師である。楽しい話をしてくださる御僧である。

何べん訪れても、四季のいつ参っても心の安らぎを与えられるのがこの永源寺であるとも思っている。

24、蝶鳥《てふとり》のしらぬはなあり秋《あき》の空《そら》　芭蕉

永源寺町山上　旧道庄村バス停
近江鉄道本線　八日市駅

国道三〇七号線を、水口から日野へと進むと近江八幡や八日市市の方から走ってくる八風街道という道路の四つ辻がある。国道四二一号線である。

如来という尊い名の村落を経て青野中学を過ぎると山上《やまがみ》という所だ。山上新田口を少し行くと旧道と新道とに別れる。旧道は左側で急に坂へ下りるのだ。下りるとすぐ山西建設の家がある。そこから五十メートルほど進むと寺田という電器機具屋さんが左側にある。その前の雑木林を背にして芭蕉の句碑が建っている。

蝶鳥のしらぬはなあり秋の空

の吟である。観音さんの立像にも近い姿の自然石である。

高さ百三十センチ・幅五五センチ・厚さ三十センチで堅そうな石であった。

側面には「文化十一年甲戌夏」とあって、もう一字、下にあるが「書」というのか「五」とい

うのかはっきりとしないまま別れた。五だと五月だろう。

裏面にはこの句の由緒がこまごまと記されている。読みにくいところがあって困っていたら、この土地にお住みの浄土宗安養寺の深谷弘典師が、この碑について調査され、一冊にまとめておかれるのを拝見した。碑の傍に説明文の木札が建てられているが少し違っているみたいだ。とに

永源寺町山上の句碑

かく、この辺の俳人鷺橋が建てたのだ。文化十一年というから芭蕉没後百二十回忌記念であり、すでに百八十年ほど昔である。あたりには実葛（さねかずら）や烏《カラス》瓜が樹々の枝の上から下がっていて独特の美しい紅を添えていた。

蝶鳥というのは蝶や鳥という意味でなく鳥類虫類という広いおよび名のことでそのような動物も知らない花もあるよ、秋の空という意味だろう。この句は元禄四年九月末に桃隣と共に湖東を訪れ、永源寺に参詣した時の吟と伝えられているが判然としていない。

この永源寺町にはダムがある。そのダムの一周の風光は秋にもよいが夏の新緑は更に美しい。

義士　寺坂吉衛門の墓

またダムへの上り坂の所に赤穂義士の一人寺坂吉右ヱ門の墓があることに出逢い、わざわざ車を停めて参拝してその由緒を読んで帰った。

句碑をあちこちと訪ねていると、思いがけないことにも出逢うのだ。

25、八九間《はっくけん》そらで雨《あめ》ふる柳《やなぎ》かな　はせを翁

五個荘町小幡　お旅所の森

近江鉄道本線　五箇荘駅／JR琵琶湖線　能登川駅

近江八幡市から国道八号線を彦根の方へ走る。近江鉄道八日市線を高架道路から下の方に眺める場所の辺りともなると、この頃テレビで放映されている信長の居城という安土城跡の山が左に見える。また、観音寺山が近くに見え、いよいよ安土町である。

『太平記』で知られる老蘇の森を過ぎると間もなく新幹線の下をくぐる。そして清水鼻という在所に入るとすでに五個荘町である。石塚、北町屋、竜田とすすむと左側の田の中に金堂という村落があり、大きな寺院の大屋根が拝せる。その大寺を弘誓《ぐぜい》寺という。豪商といわれるようになった近江商人の出生された在所でもあり、外村繁という文人の出身地である。

さらに八号線を走っていると簗瀬《やなせ》という町名の札に出会う。そこら辺で五個荘町は終わりで、間もなく愛知川の大きな川に出る。その川にかかる橋を「御幸橋《みゆき》」といい、歴史的にも由緒のありそうな橋名である。もうその橋を渡ると愛知郡、愛知川町である。

五個荘唯一の芭蕉句碑

その橋の手前の近くを少し歩いていると小幡《おばた》という在所がある。五個荘という名の電車の小駅もある。この辺りで造られている、とても田舎風情のある人形は「小幡《おばた》人形」と呼ばれて、すきものたちに喜ばれている。先年郵便切手に印刷されてから一層世に知られた。

さて、その八号線からすぐ右へ曲がり線路を越えて小幡の方へ行くと、お旅所のこんもりとした森がある。その小さな公園ともいうべき所の一隅に芭蕉の句碑がひっそりと建っている。

八九間そらで雨ふる柳かな　はせを翁

という句である。この吟はよく句碑として用いられている。県内でも高月町内の東柳野の句碑もこの句であった。

この句は芭蕉五十一歳の元禄七年の春の吟である。柳で春。「続猿蓑」に出てくる芭蕉

芭蕉句碑の建つ
巌島神社境内

芭蕉句碑のうしろに建つ
市河俳人の句碑

晩年の作である。

八九間というのは柳の木の高さをいうのであろう。大木の柳の枝がひろがって、その緑の葉をバックにして春の雨脚がはらはらと見えている。ちょうど八間か九間ほどの空で雨が降っているようにみえるなぁ、というのだ。晩年の「軽み」という味が出ているといわれている吟の一つである。

この句について先人達はいろいろの説を述べているがあまり理屈的に味わうより、あっさりと前記のように考えるとよいだろう。

そう思うとこの五個荘のこの地も八九間の樹木が茂っていて当を得ている。

この句の背後にちょうど伊吹山や三上の近江富士の姿を思わせる自然石がある。近よると地元の俳人の句が彫られていた。

かすみかと思ふほどなる初霞　市河公風

とあり、裏面には明治六年云々とあった。ちょうど芭蕉没後二百年のころにあたるのでその記念だと思う。

全くの想像であるが、この俳人らがこの芭蕉句碑を建立しようと発起されたのかもしれない。ついでではあるがこの五個荘町の北町屋というところに、三津理山という幕末から明治にかけての時代に傑僧がいた。その寺を訪ねると境内に二基の句碑があり、喚鐘にも句が刻されていたのを思い出す。一つは地元の芋丈《うじょう》の句碑であった。

芭蕉の句碑を建立するということはそう簡単ではない。必ず発起人の中に文学的な、しかも芭蕉への尊敬の念がある雅人がいなければならない。単に俳句のグループに入って作句しているだけではなかなか実現出来ないものだ。

しかも、何処に建立するかという場所との縁もそう容易には解決出来ない点もあるのだろう。また、芭蕉の句の中でどれを選ぶかとか、句文字を誰に書いて貰うかなどと考えるとお墓や顕彰碑や圃場整備記念碑を建てるような具合にはいかないらしい。

この芭蕉の句碑は五個荘町内での唯一の句碑なので大事にしたい。

彦根地方

彦根

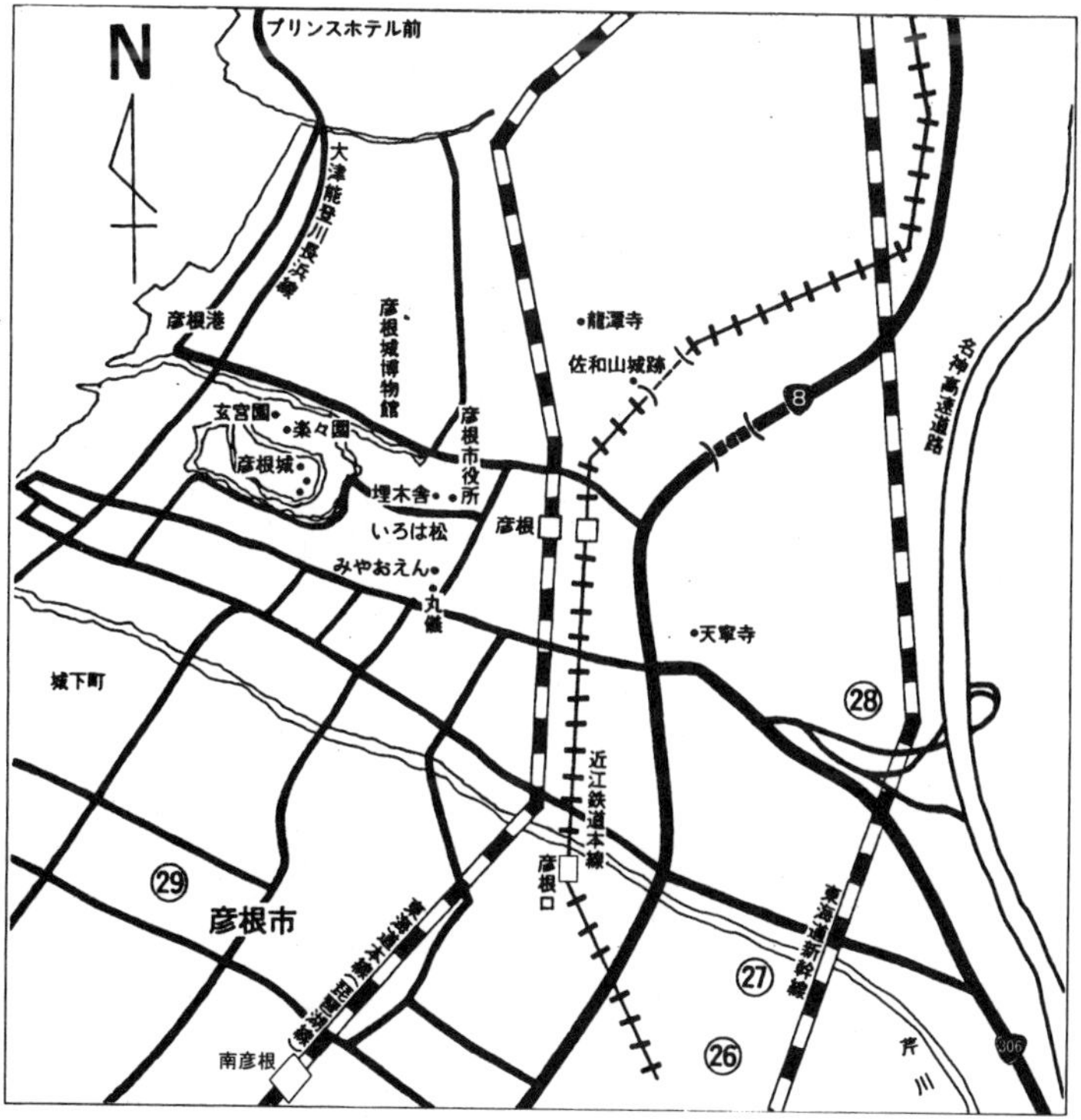

N
プリンスホテル前
大津能登川長浜線
彦根城博物館
龍潭寺
佐和山城跡
8
名神高速道路
彦根港
玄宮園
楽々園
彦根城
彦根市役所
埋木舎
いろは松
彦根
みやおえん
天寧寺
城下町
28
近江鉄道本線
彦根口
29
彦根市
東海道新幹線
27
26
南彦根
芹川
306

26、をりをりに伊吹《いぶき》を見《み》てや冬篭《ふゆごもり》　はせ越（芭蕉）

彦根市高宮町　高宮神社境内

近江鉄道本線　高宮駅／JR琵琶湖線　南彦根駅

彦根へ向かって近江鉄道の高宮の手まえに犬上川を渡る。その辺の橋を無賃橋という。意味のありそうな名の橋だ。

高宮神社のある村落をとりまく近在の姿は訪れるごとに変わっている。しかし、旧街道筋の家並みは以前と変わらずひっそりと落ち着いている。終戦直後、この高宮神社へは平田の明照寺へ参り、てくてくとこの宮まで歩いたことを思い出す。その頃は自動車もなくひっそりとした広い道と感じていた。

高宮神社の入り口も変わって横の方からも参道がついた。

私が訪れた最初は芭蕉の句碑が今の所とは違って門に向かって左側にあった。が、現在はちょっとしたお庭の所へ移されている。聞けば昭和四十八年四月に、境内の笠砂苑と名付けられた庭園に移転された。傍には、

芭蕉伊吹塚の句碑

高宮の宮人いかにかざすらん
まづ咲く梅の花をたづねて

と彫られた藤原兼仲の歌碑と共に芭蕉の句碑がある。

をりをりに伊吹を見てや冬篭　はせ越（芭蕉）

高さ百四十五センチ、幅七十五センチ、厚さ三十センチの自然石でその方向をはかったら南南東を向いていた。

傍には別に芭蕉句碑と刻した石碑が建っていた。これには「昭和十一年・六十一歳、四十二歳の厄年　寄付」とあった。

句碑の裏をみると、なかなか読みづらかったがようやく「嘉永三、庚戌年林鐘」と読んだ。その下の方に四十五名の人の名が刻されていた。嘉永三年は一八五〇年であるから早や百四十二年にもなった。筆蹟は桜井梅室である。林鐘とは陰暦六月の異稱。

この句は元禄四年、芭蕉四十八歳の冬の作といわれ、冬籠りが季語である。「笈日記」には「千川亭」と前書があり、また「千川亭に遊びて」と「後の旅」の書にはある。千川の兄弟は芭蕉門弟で弟は文鳥、兄は此筋という。父は大垣藩の宮崎荊口と称した。芭蕉はこの家に泊まってこの句を詠んだのである。

句の意は「ここ大垣の千川亭の家でこうして泊まってみると、西の方には伊吹山がよく見えてなかなかよい姿である。雪の多い地であるからよく積もり、よく降る。ここの主人は深く積もった雪の山を折折に障子を開けて眺めたりして冬ごもりをするのだろう。本当にすばらしい山の近くの住居であるわい」

というのだ。

ここの高宮から以前（四十年前）伊吹山はよく見えた。よく見えるのでは「おりおりに」の語がここではぴたりとしないのでは……と思ったことがあった。が、いま訪れてみると木々や家が建って見えないようになった。梅室の字はさすがによい。

とにかくこの高宮にこうした句碑を建立した地元の俳人らに「ようこそ建立しておくれた」といいたい。ひょっとするとこれも芭蕉没後二百年記念の一つかとも思って碑を撫でていた。

この句碑の字も梅室である。ここ高宮へは芭蕉が貞享元年（一六八四）十二月初旬に約四キロほど離れた平田のお寺の方へ立ち寄られた。その節、縁あって高宮の小林邸へこられて泊まられたという。

高宮神社の美しい参道手前の唐橋在正筆になる社碑

その時、芭蕉は自分の横臥している姿の画像を描き、「たのむぞよ寝酒なき夜の古紙子」という句を賛された。小林家では芭蕉の召されていた古いほこりにまみれた紙子のかわり、新たに紙子羽織を新調して芭蕉へ贈った。その後、庭に塚を作り、古いものを収めて「紙子塚」と称したという。

私も以前この小林邸を訪れ紙子塚を拝した。「紙子塚」と刻された塚も、その碑文字が楽しいものであったことを覚えている。文字の筆者は誰だったか知らないが……。李由か梅室か、それとも芭蕉の文字であればよいのに……と思う。

小林邸を去ろうとした時、門扉に家紋の「アゲハ蝶」が印象に残っている。あれから四十年近くも過ぎた。

この頃ここの宮司さんが御不例との由を耳にして挨拶をすることが出来ず寂しかった。今度いつ参れるか知れない気持ちで心しずかに神社に礼拝して別れた。

27、ひるかおに昼寝《ひるね》せうもの床《とこ》の山《やま》　芭蕉

彦根市大堀町　床の山

近江鉄道本線　高宮駅／ＪＲ琵琶湖線　南彦根駅

高宮町を経て旧国道を彦根の方へ進む。近江鉄道を横断し、直進すると大堀町である。間もなく細い川に出会う。その名を芹（せり）川という。そして橋の名を大堀橋という（昭和十五年六月竣功）。橋を渡る手前に右に彦根市農協千本支店があり、左側に小さな公園がある。いかにも旧道らしい雰囲気のする十字路である。

その道のそばに「郷土旭森に学ぶ」とあって旭森小学校ＰＴＡと青少年育成協議会の方から十字路の交通安全標やこの辺の歴史の標柱が建てられていた。

傍らに先年、四角柱石碑が建立された。高さ百十五センチ、正面の幅七十五センチ、側面十四センチであった。正面は東を向いていた。

正面には「中山道旧跡　床の山」向かって右側面には「鳥篭山につきましては往々異説がありますが、旧跡を残す意味に於いてこの場所に建立しました。」

新しく建立された床の山の「昼寝」の芭蕉句碑

と二行に刻され、左側には、

ひるかおに昼寝せうもの
床の山　芭蕉

とあり、裏面には「平成二年五月三日、細江敏 建之 柳堂書」とあった。旧かなづかいで記すならば「ひるかほ」かもしれない。

この句は元禄七年、芭蕉五十一歳の夏の吟である。「韻塞」(いんふたぎ)という俳書に出てくる。ひるがおも昼寝も夏の季であるがやはりここでは「ひるがお」が主題であろう。

「韻塞」には「東部吟行のころ、美濃路より李由が許へ文のをとづれに」と前書をしている。李由とはいうまでもなく彦根市平田町の明照寺の御住職である。地元では「めんしょうじ」と呼ばれている。この明照寺や李由のことは後で記すことにするが、床の山は鳥篭の山とも書いて古くは「枕草子」や「古今集」にも出てくる歌枕でもある。

句の意味は「江戸から吟行の旅をして、今は美濃路を歩いている。この辺にも昼顔があちこちに咲いている。おそらく李由さんの明照寺の境内辺にも咲いているでしょう。その昼顔を眺めながらでも、ゆっくりと昼寝でもしてみたいですね。平田の明照寺からは寝るという言葉に縁の深い「床」の山も近くにありましょうから……」というのだ。

床の山の句碑の前を通学する児童

路端に咲くひるがおの花をみて、門弟の李由を思い、寺のことを想像し、かつ、近くの床の山という地名を連想して、軽く句を楽しみ、かつ李由という人に対する温かい親しみを一句にまとめたものといえよう。

床の山というからひるねをしよう、昼顔の花を見ながら……というのだ。また「ひるがほにひるねせうもの」とことばを畳字・畳語として用いた一句とも考えられる。

28、ひるかほに昼ねせうもの床《とこ》のやま　はせお

彦根市原町　小幡神社境内

近江鉄道本線　彦根口駅／JR琵琶湖線　彦根駅

次にこの旧道をさらに彦根市の方へ行くと大堀町。右側に正法寺町、左手の地蔵町を過ぎると名神高速道路につき当たる。

そこが彦根のインターで、原町という。

在所の入り口に「原の八幡さん」といわれる「八幡神社」がある。その参道の右側は、原という姓の醬油屋さん宅で、「カクミヤ」という醬油を造っておられる。

そこには大きな石の鳥居が建ち、その足もとに近年「芭蕉　昼寝塚、祇川《ぎせん》　白髪塚」と彫られた案内石柱が建てられた。

参道を歩むとすぐ目の前に八幡さんの境内があり、左側には瀟洒な離れ座敷が見られる。「カクミヤ庵　お茶室」である。

本殿はつきあたって右側に拝せる。合掌して、そのあと三基の石碑の並ぶ木立の中へ戻る。

八幡神社　芭蕉句碑

向かって右が昼寝塚である。三基のうちで小さい石碑である。近よると正面に「昼寝塚」とあり、裏面に、

ひるかほに昼ねせうもの床のやま　　はせお

とある。

小柄ではあるがどっしりとした自然石である。自然石を台にして建てられているこの句碑にはどことなく品がある。さっそく測ったら、高さ百十センチ、幅四十センチ、厚さ十二センチで南東を向いていた。

筆蹟者を知りたかったがはっきりとしない。なかなか楽しい三行の字くばりで能書家の筆あとである。

句の意味は前に記したので重複をさける。が、この地が床の山のことか、それとも大堀町の方が鳥籠（とこ）の山かは歴史家にまかせたい。

八幡さんの杉木立や雑木に囲まれたこの句碑はひっそりとして似つかわしい環境にある。

この芭蕉句碑の傍には祇川居士の「白髪塚」がある。正面には白髪塚とあって、その下に「蕉門四世」と刻されている。

高さ百六十センチ、幅四十五センチ、厚さ二十センチという自然石である。裏面には、

恥ながら残すしらがや秋の風　　祇川居士

とあった。

雨風にさらされて、訪れるたびに読みにくくなっているが、これもまたよい筆の運びである。ついでにというので、カクミヤさんの醸造工場の傍を通って新幹線の下を渡っていくと原霊苑墓地があり、その事務所の近くのちょっとした庭に森川許六の句碑が建っている。

水すしを尋てみれは柳かな

の句碑で、俳人らしい鷹揚な筆あとである。読み易く書き直すと「水《みな》すじを尋ねてみれば柳かな」である。句の横に許六叟とある。五老井許六《ごろうせいきょりく》のことで芭蕉の晩年の門弟であり、彦根藩の武士である。かつて私は彦根市内にあるこの許六の墓へも参ったことがある。

森川許六の句碑

この碑は残念なことに新幹線工事の時、碑が折れたということを私に教えてくれた人がいた。

句意は、「道のべに清水流るる柳かげ　しばしとてこそ立ちどまりつれ」の西行の山家集や奥の細道に出てくる芭蕉の句に通うものを感じる。

筆者名は何も記してないが、彦根藩士で能書家の谷鉄臣こと如意山人で、明治三十年頃の建立と知った。

29、百歳《ももとせ》の気色《けしき》を庭の落葉《おちば》かな　はせ越

彦根市平田町　明照寺境内

近江鉄道本線　彦根口駅／ＪＲ琵琶湖線　南彦根駅

彦根市はやはり城下町である。遠く、あちこちの地から城がみえる。街なみもどことなく古い歴史と文化の匂いがする。

近年本町のあたりも風雅さをとり戻す町並みに尽力されている。お菓子屋さんや食堂などの風雅な店が立ち並んでいる。

さて本町を経て銀座本町を過ぎ芹橋を通って平田町へ向かうべく和田町に入った。小泉というバス停の手前に「本派別格別院　明照寺」と一行に深く彫られた寺標が右側に建つ。いうまでもなく明照寺へと通じる立派な参道である。

傍へよって側面をみると「敷地　寄附　大阪市織田寅治郎　小西ウノ」とあり、裏面には「昭和五年三月竣工」とあった。

彦根市内での古刹への参道である。「妙法山　明照寺」という。地元の人は古くから「めんしょ

山門前の芭蕉句碑

うじ」と呼んでいることは前記のとおりである。

芭蕉は元禄四年（一六九一）十月、四十八歳の時この寺へ参られて、

百歳《ももとせ》の氣色《けしき》を庭の落葉かな

と吟じられた。その句碑が近年この寺の門前に建った。高さ百二十センチ、幅四十センチ、厚さ二十五センチの伊豆辺りの自然石に刻まれた。南南東を向いて立っている。

裏には「元禄四年（一六九一）十月、明照寺を訪れた芭蕉は愛弟子李由よりこの庭の謂れをきいて詠んだ句である。時に芭蕉は四十八歳であり、李由が三十歳であった。奥の細道三百年を記念して建立す。

平成元年十月　彦根史談会

細江　敏

俳号　砂童子

と彫られている。そしてその傍に、

芭蕉翁　笠塚

李　由　句碑

という「いしぶみ」も建っている。

高さ百五センチ、幅三十三センチ、厚さ十五センチという四角柱のみかげ石である。

あたりには自然石が三つほど配置されて、くつろぎの庭である。

前記のように芭蕉四十八歳、元禄四年の冬の作である。これも前記の「韻塞」に出てくる。その書物によると、この句の前書に、

「宿明照寺、元禄辛未、于時四十有八歳。当時此平田に地をうつされてより、已に百年にをよぶとかや。御堂奉加の辞に曰、竹樹密に土石老たりと。誠に木立物ふりて、殊勝に覚え侍ければ」

とある。

四十年以前、私もこの寺を訪れて芭蕉の真蹟を拝見した折、同じような前文があったことを思い出した。

芭蕉がこの明照寺へ参った時の御住職は当寺の第十四世李由であったのだ。私は以前この寺や李由の墓（山の脇町）へも詣ったことがある。

一句の意味は「木立や土石がもの古りたこの明照寺の庭には秋から冬にかけて降り積もった落ち葉を見ているといかにも百年もの長い年月を経た感じがしみじみとしのばれて尊くもゆかしく

明照寺の山門と再建された本堂

も感じられますねえ」というのだ。

訪れた寺や御住職李由に対する挨拶ではあっただろうが決して軽いものでなく、深い感動を感じた芭蕉の心の叫びの句であったとも思える。名吟で、この明照寺での宝の句である。句碑を撫でながら山門を眺めた。

火災からまぬがれたこの山門と太鼓堂らしい建物がかつての大坊の面影を偲ばせた。

念佛して父に会える
母に会える
他人《ひと》ごとでない
生老病死

と記された六雄《むつお》照道御住職の掲示のことばが目に入る。

幸い門信徒の仏恩報謝の浄財によって本堂も庫裡、座敷、書院と復興された。尊いことである。ご苦労であった事とお祭ししつつ、本尊に合掌した。

李由の「乞食の」句碑と並ぶ芭蕉の笠塚

ところでその昔、この寺の御住職に李由という御僧が居られた。芭蕉門に入り、俳諧をたしなまれた。その李由の句で世に知られたものとして、

乞食《こつじき》の事いふて寝る夜の雪

という有名な句がある。

その句碑が本堂の裏の庭の木立の中に建っている。

碑には「乞食の事言うて寝る夜の雪」と二行に刻され、左下の方に「季由」とある。普通には「李由」と書くのに「季由」とあるのは当時両方の文字を同じにつかっていたのだろうか。

高さ百七十センチ、幅九十センチ、厚さ十五センチで方角は北東を向いていた。

立派な自然石である。あたりには楓の古木や椿の大木に囲まれ、昼なお暗い感じである。

なお、その左側の傍には「笠塚」と大きい文字を深く彫られた碑がある。石碑の上には異質の平

らな石が笠のようにのせられている。その笠にはわざわざわくを彫ってあたかも笠をかむるようにのせてあった。

高さ百十五センチ、幅五十センチ、厚さ十五センチで北北東を向いていた。

あたりを欅《けやき》や紅葉《もみじ》の古木が包んでいた。ちょうど芭蕉さんが自分の笠に落ちるあられやみぞれの音を聞きながら立っておられるようにも思える。

いうまでもなく、芭蕉がこの地を訪れられた時、笠が雨やほこりで破れ始めていたのであろう。新しい桧笠とかえられ、古い笠をここに埋められ、師を偲ぶよすがとされたのである。

再び本堂前へ戻ってこの寺と別れるとき、立派な手洗鉢と井戸の傍へ立ち寄った。

それには「月澤」と深く彫られているのが印象に残る。「月澤李由」と呼ばれた寺の由緒である。元禄庚戌秋、寄附主佐和氏とある。甲戌ならば七年である。芭蕉の没年は甲戌であるから、もしそうとすればこの手洗い鉢は三百年という古い歴史とともに芭蕉没後を生きて来たといえよう。

ふと別れる時、心の中にかつて読み味わった方丈記や親鸞さんの歎異抄の虚仮《こけ》不実のくだりを口ずさんでいた。

かつてこの寺を訪れた時、恰もこの辺一帯に続いていた梅林は花をつけていた。今は建ち並ぶ核家族のマイホームがあった。

再び湖岸へ出て湖周道路を走り宇曽川を渡り、薩摩町の善照寺境内で夕焼けを拝んだ。

長浜地方(1)

伊吹／山東／虎姫／浅井

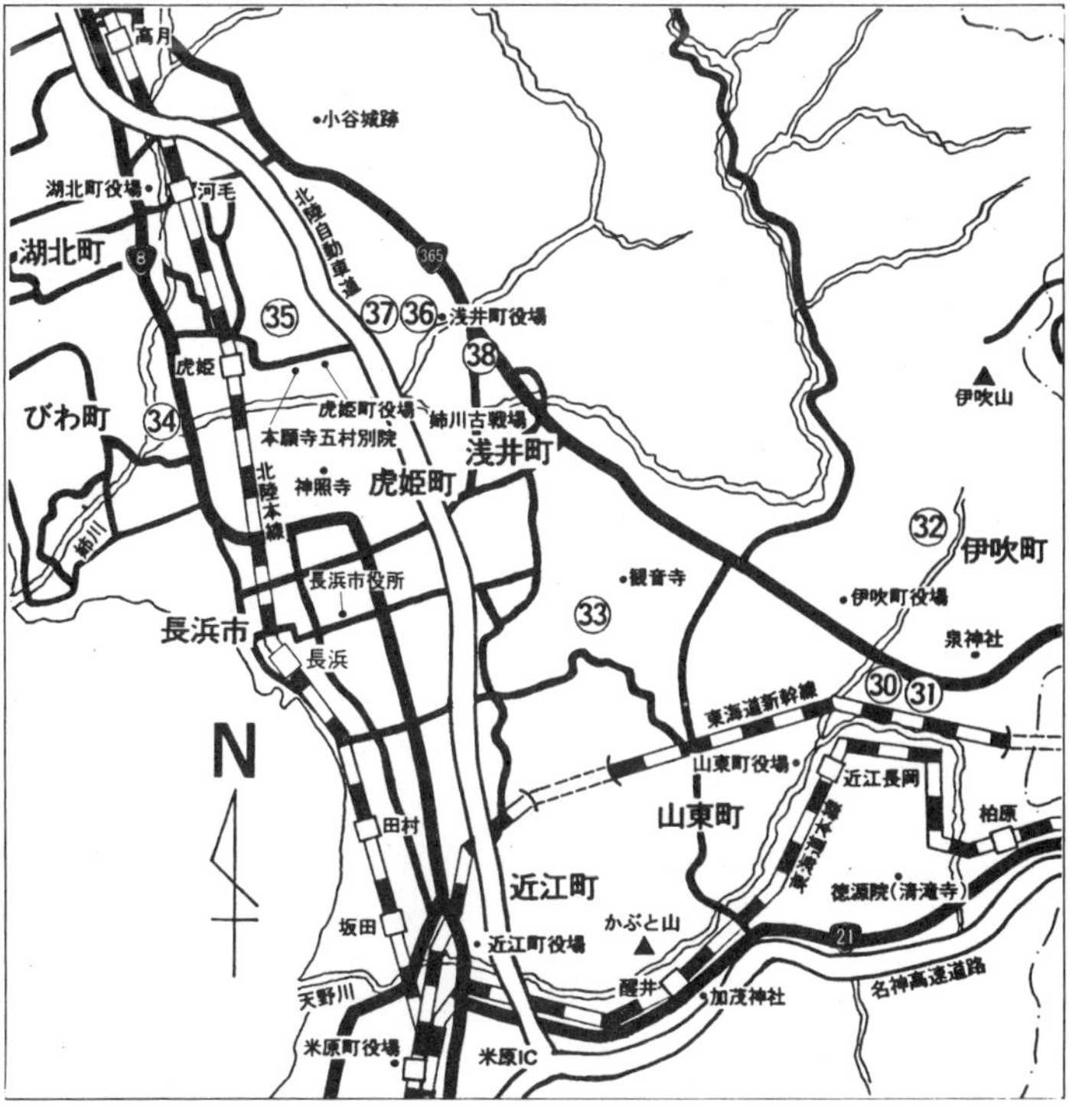

30、鶯や柳のうしろ藪《やぶ》の前　翁

31、人《ひと》も見《み》ぬ春《はる》や鏡《かがみ》のうらの梅《うめ》　翁

伊吹町杉沢　勝居神社

JR東海道本線　近江長岡駅

名神米原インターで降りて中山道を岐阜の方へと走る。米原町から山東町に入る。右手にJR東海道の柏原駅から左に折れて走ると大野木という在所があって、なおすすむと村木があり杉沢に入る。

杉沢という村落は伊吹町になる。右手遠くには伊吹富士が拝せる。この杉沢の入り口に勝居神社がある。地図によっては勝井と書かれているのもある。

立派な石の鳥居や社碑が建っている。まっすぐ歩むと本殿がある。その本殿に向かって左に放生池のような小さな池がある。欅《けやき》の古木の木下陰に中島がある。都久夫須麻《つくぶすま》神社の祠がある。ご祭神は弁財天である。言うまでもなく、市杵島比売命（いちきしまのひめのみこと）である。世にいう牛馬や蚕（かいこ）などの動物の健康や美術、芸能などを守護される神さまなのである。

伊吹町勝居神社境内の芭蕉句碑

その傍の石碑、いかにも芸をしているような、琴柱のような姿をした自然石の芭蕉碑に出逢った。

鶯や柳のうしろ藪の前　翁

の句である。

高さ百二十センチ、幅三十五センチ、厚さ十五センチと測った。台石もしっかりしていた。方角を調べたら南東を向いていた。句碑としては珍しく芸をした姿で艶なる感じである。

裏には、明治十六年冬　梅風拝書　共栄社中――とあった。

素朴な神域にこうした翁句碑を見つけたとき、大きな喜びがあり、感動があった。

この地に樋口艾園《がいえん》という風雅人がおられ、幕末にはこの辺即ち伊吹山麓一帯に俳道精神の種を蒔《ま》かれたという。（艾《がい》とはもぐさのことである）

この宮の隣は琴岡山有楽寺という。仏光寺派の真宗寺院である。おそらくその昔にはこの御堂でたびたびと句会が催されたことだろう。

伊吹町杉沢の勝居神社境内

芭蕉四十九歳、元禄五年の春の作で「続猿蓑」という書に出てくる。のどかな春の田園風景の一句である。平穏な農家のあたりの雰囲気が落ちついた調子で詠まれている。確かにこの杉沢あたりにぴったりである。

よい翁句碑に出逢い、せっかく、とあたりを歩いた。細い上り道を少し上がると落ち着いた立派な家屋が二軒ある。辻村と表札に出ていた。その家の傍を右へ歩いていくと雑木林の中に墓所のような地がある。近づいてみると三基ほど句碑を見つけた。

明治廿一年九月に共栄社梅風書の艾園や梅風八十一翁や五徳斎馬友などの句碑であった。

あたりには古い大きな欅《けやき》が繁っていた。近づいてみると立て札があり「滋賀県指定　自然記念物　ケヤキ　樹齢（推定）六百年」とあった。傍には杉沢のケヤキ（野神）、大地主（おおとこぬし）の大神ともあった。田畑の信仰の対象ともなっているのだろうか。

勝居神社の参道の入り口にある翁句碑

「湖北の句碑」としてだいたい稿を終わった頃、長浜市内に住まれている宮田先生宅へ久し振りになつかしく思いお邪魔した。

すると先生が、

「先日、君に教えて貰った杉沢の芭蕉句碑を見に行った。近くの人でも句碑のあることをご存知なかった。とにかく先生に教えてもらった通り行くと翁の句碑があった。そして、参道にももう一基翁の句碑があった。あこらはよく通った道なのに……何も気付かなかった。人間って駄目ですねえ……」とおっしゃる。私自身も翁の句碑は先生に申し上げたが、もう一つがあることには気付かなかったと悔いた。

早速、長浜市内を横断して市民会館の前を一直線に走り、勝居神社境内までもう一度訪れて、調べにきた。先生から「参道の右側にあって、本殿までです。」と聞いていたので入口で車を停めたら、すぐ目の前に句碑が見えた。以前はなにゆえ眼に入らなかったのだろうか。

ともあれ伊吹町内の芭蕉句碑三基目である。さっそく句碑文字を読む。

人も見ぬ春や鏡のうらの梅　翁

自然石の高さ七十センチ、幅七十センチ、厚さ三十五センチで大きなおにぎり形の姿である。堅そうな石である。上品な文字で三面にきちんと真面目に彫られているのに感心した。

この句は芭蕉四十九歳すなわち、元禄五年の春の作である。季語は春もあり、梅もある。が、やはりこの句では梅が主でありたい。意味は、古い鏡には現代のようなものでなく、鏡の裏面や枠は木製で包まれていて、その裏には、鳥や梅などの模様やまた彫刻などがされている。よいものになると螺鈿《らでん》を使っての貝細工がされているものもある。

そこでふと鏡の裏面を見ると梅の花が咲いている。鏡の裏などはほとんどの人が見ない。このように人が見ない所にも梅が咲いている春があるのだなあ……と人の世の真実の姿を思いついて芭蕉が詠んだ句だろう。

その傍の面には「吹もとしまたす乱るる柳哉　艾園」とあり、梅風翁書とあり、裏には明治十二卯年七月発起、杉之沢社中と刻されていた。艾園とはガイエンと読み、樋口氏である。現代なら「吹もどし待たず乱るる柳哉」だろうか。

とにかくよい句碑に出逢った。先人の偉業を顕彰する心でいっぱいだった。

それにつけても地元の人や町の文化人や為政者が、こうした芭蕉や先人の句碑などの建っていることに気づかない人が多いのには、いささか寂しさを感じた。

32、頭布《ずきん》召《め》せ寒《さ》むや伊吹《いぶき》の山おろし　芭蕉

伊吹町上野　松尾寺観音堂茶所跡

JR東海道本線　近江長岡駅

伊吹町春照小学校を伊吹山の方の北へ上るとセメント会社などがあり、少し上ると三叉路に会う。そこら辺を野頭《のがしら》という。野頭は北国脇往還に残った唯一の遺跡であるといい、松尾寺観音堂茶所の跡といわれる。北国海道ともいわれたこの道は若狭と美濃を結ぶ古代からの要路で、後は藤川、春照の宿も置かれた。戦乱と悲哀、まさに日本史の間道として千年の歳月であった。松尾芭蕉がこの地で詠んだという「頭布召せ」の句碑がある。伊吹町上野区の木札が表示していた。

頭布召せ寒むや伊吹の山おろし　芭蕉

自然石にタテ六十九センチ、ヨコ八十六センチの石に額どりにした石に句がはめ込めている。その自然石は高さ百六十五センチ、横は百五十センチ、厚さ二十センチの立派な石で下部に二個の足があって、大きなついたてのようにしてある。

頭布めせ　寒むや　伊吹の　山おろし　と四行に書き彫られている。傍には「史跡　野頭観音

伊吹町野頭の句碑

堂跡」と刻されて並んでいた。あたりは太い二本の桜の枝が囲うように茂っている。ここら辺を伊吹町上野区というのだろうか。また「春照宿へ」とか「弥高百坊跡へ」とか「北国脇往還、神戸を経て藤川へ」などの史跡案内の指示札が親切に建てられていた。

　昭和六十二年三月建之とあるので新しい建碑である。この句の出典がどこからか判明しない。また、頭布というのも普通は頭巾でよいのであるが、わざわざ原語の文字を使われているのもいわれがあるのだろう。

　加賀の千代尼の句に「づきん召せ、ここは伊吹の山おろし」という句がある。ここの野頭の芭蕉の句に似た句を加

伊吹町野頭の句碑の立つあたり

賀の千代尼が「づきん召せここは伊吹の山おろし」と詠んだと郡志や他の書にも書かれているそうだが、句集には見られない。

いずれにしても存疑の句だろう。しかし、こうして建てられているのだから、大事にして建立者の心を深めていきたいと思う。

伊吹山は何度みても近江の山である。この山麓をみて芭蕉は旅をし、生活を楽しまれたことは真実である。

この辺の道路はよくなったが、林の中には当時の北国脇往還の余波（なごり）の匂いが所々残っているので嬉しい。せっかくというので知己のいる藤川の唯仏寺の精舎を訪ねて、御堂を拝した。静閑な宿駅であり、芭蕉もこの宿場を通られたのであろうか。現在は、この村もぽつぽつと過疎の村落となりつつあるらしい。

33、花《はな》にもよらず、雪《ゆき》にもよらで　唯《ただ》これ孤山の徳《とく》あり
其《その》ままに月《つき》もたのまじ伊吹山《いぶきやま》

はせ越翁

山東町朝日観音寺

JR東海道本線　近江長岡駅

山東町というと滋賀県と岐阜県との隣接町で名の如く東部の町である。名神を走っていると山東町の表示板には鳥の泳いでいるのが目に入る。「はあ、三島池の渡り鳥の印象だなあ」と思う。古くは天の川の源氏蛍や美濃と近江の寝物語の里などでよく知られていた。

美濃の国「萬屋《よろずや》」と近江国「かめや」とが国境の長久寺の地の小川を隔てて建っていた。両方の宿人同志が語り合う物語、また、西行が住んで「とことはに松のあらしの吹なれてしぐれが沢の名も立ちしと」など由緒のある地でもある。また、伊吹もぐさや、京極家墓所の清滝寺などと歴史も古く、中山道の宿場でもある。母がよく「番場・醒ヶ井・柏原」と口ずさんでいた遠い日をたぐらせる町だ。

先日、文学を楽しむ面々百名程がこの地の三島池を訪れた。伊吹に雪のあることを望んでいた

観音寺の芭蕉句碑

だろう。

が折悪しく、頂上の山襞にかすかにあっただけであった。池には多くの渡り鳥が飛んだり、泳いだりしていた。ここの中学生達の鳥への観測の情熱はすばらしいと聞いた。鳥は五百羽程はいただろう。

さて、山東町では芭蕉の句碑としては一基しか出逢っていない。それは朝日町の観音寺にある。明治二十九年に印刷された「坂田郡大原村大字朝日、天台宗伊富貴山観音寺境内之図」を拝見すると本堂・薬師堂・鐘楼・茶所・本坊・後鳥羽院御腰懸石・玉泉院・倉庫・門番小屋・そして翁塚と記されている。いうまでもなく翁塚とは芭蕉の塚であり、松が傍に植えられていたとみえる。いまはさつきが繁っていた。

句碑には、

花にもよらす、雪にもよらて　唯これ孤山の徳あり
其ままに月もたのまし伊吹山

とある。「花にもよらず、雪にもよらず」と読むのが原典であるが、「雪にもよらで」としか私には読めない。意味はずもでも同じで、打消のないというのだ。雪国・松窓の建立であるという。

句の意はこの訪ねてきましたあなたの地から、伊吹の山嶺をみるととても美しい姿ですばらしい。これに月が輝けばいうにおよばないだろうが、何も月はなくてもまた花なくてもこの山の姿だけでじゅうぶん風情があります。この山は西湖の近くにある孤山に似ている。その山の麓には林和靖という徳のある人がいてあなたの俤《おもかげ》にかようものがあります。ちょうど私が訪れてきた斜嶺亭のあなたとそっくりでありますよ、との挨拶の句と味わっている。

観音寺への参道

観音寺本堂

この朝日町のトンネルをぬけた所からみる伊吹山はまさにこの一句につきる。芭蕉はまた「そのままよ月もたのまじいぶき山」とも詠んだという。果して「に」と「よ」とどちらがよいのだろうか。

どの山でもそうであろうが、伊吹山の姿は不思議な山だと思う。私は朝の太陽があたる方を山の表と思っていたが、地元の人は琵琶湖の方から見る姿を表伊吹といっている。それぞれ住む地のひいきだろうか、それとも富士の形に似ている方が表か。そんなことを思いながらこの地と別れようとした。

山門を出ようとしたら「太閤に茶を献ずる時、石田三成水汲むの池」という札のある池を右手に見た。

本堂内の彫刻は立派なものだと思っている。とにかく山東町唯一の句碑として大事にしたい。

34、ゆく春《はる》を近江《あふみ》の人と惜しみけり　　はせを

虎姫町酢公民館
ＪＲ北陸本線　虎姫駅

名神高速道路を竜王から米原を経て長浜ＩＣまで走る。あっという間である。ＪＲの「日本がちぢみ、短くなった。のぞみが走るから」という宣伝文句の通りだ。

インターを降りてすぐ右へ折れ、約百メートルほど走って再び右へ折れる。国友を経て虎姫町へと走る。宮部の手前に左へ折れるよい道があったので進んだら、キャノンの会社までで行きづまる。Ｕターンをして伊吹山の美しい姿に見惚れて記念写真をとる。まだここは長浜市という。

再びもとの道に帰って宮部の在所へ入り、左に折れて目的地の酢という村落の公民館につく。昭和三十年頃、俳文学に興味のある少人数の人々と、芭蕉句碑を求めて歩いた。その頃には姉川畔の橋北詰めの「しぐれの岡」と呼んでいた川原に建っていた。その句碑がいまは酢の区の公民館の前庭に移されたのだ。

川原で見た時は小さいと思っていたがここでみるとさすがに大きい。環境によるものだろうか。

高さ百七十センチ、幅百八十センチ、厚さ三十センチという立派な自然石に刻された芭蕉の名句の碑は堂々としている。

ゆく春を近江の人と惜しみけり　　はせを

と筆太で達筆である。くずしも上手すぎて一見しては読みがたい。幸い私は句を知っているので読めた。三行に書かれた文字は旨いものだ。

公民館前の句碑の建つ所は多くの石を組み、いろいろの樹も植えられ小さな植物園のようでもある。

この句碑は安政三年（一八五六）姉流堂井蛙の発企で、近村の俳人らの協力を得て建立された。この句は普通、結びの語が「ける」と終わっている。が、ここでは「惜しみけり」となっている。思うに、「けり」は初案で、推敲の上「ける」と芭蕉自身はそうしたのだろうと思っている。

寛政十年頃の「堅田集」の芭蕉真蹟といわれている作品には、

志賀辛崎に舟をうかべて、
人々春の名残をいひけるに
行春やあふみの人とおしみける
元禄辛未　　　　　芭蕉

とあるのを見たことがある。

また「猿蓑」という元禄四年の作品に「湖水ヲ望ミテ春ヲ惜シム」という前詞がある。何れに

酢の芭蕉句碑

酢　公民館前庭

しても芭蕉は義仲寺で詠んだと思ってよい。

また「去来抄」という書中に、「何も近江でなくても、例えば丹波の人でもよいではないか」などという一文があるが、考えると実に楽しい。

とにかく句碑として、その石の形も、文字も品格のあるものである。ただ、「道路のすぐ傍なので句碑もゆっくりとしていられないだろうなあ」とたわいもないことを独り言した。すぐ傍には寺院のあとの一つの名残りのような小さな堂が建っていた。

この句のようにまたいつか会いにくるであろうことを約しつつ、この句碑との別れを惜しんで、次の芭蕉句碑を求めに出た。

35、松風《まつかぜ》の落葉《おちば》か水《みず》の音《おと》涼《すず》し

はせを

虎姫町中野　地蔵堂辺

ＪＲ北陸本線　虎姫駅

酢という在所と別れて再び伊吹を前にして走る。少し行くと北陸本線のＪＲのガードがある。越えた所が五村（ごむら）という在所だ。右側に長い土塀のある寺院がある。世にいう五村別院で真宗大谷派の一つである。

境内の本堂、書院、寺務室、庫裡など整っている。まさに御坊と呼ばれる気品である。十本程の松の姿がよく手入れされていて清浄の地である。その松の中に自然石の句碑を見つけた。手で撫でられるようなものでなく背高く大きい。考えて読むと「札かすむ教如上人御建立」と解けた。句仏という五十年前に亡くなられた東本願寺ご法主であり、俳人僧の筆あとである。聞けば慶長五年（一六〇二）にこの御堂を教如上人が再建されたという。約三百九十年前の昔のことである。この碑は「教如上人三百五十回忌の記念」と裏にあった。折しも今日は五日講がつとまっていた。五日は教如さんのご命日であるという。

その御坊からすぐ左へ折れる広い道がある。虎姫小学校を右にみてまっすぐ走る。大寺という村落を経て、なお進むと中野という在所へ入る。

その中野町の北に矢合神社があり、その参道の山路を上ると下界が開ける。そこらあたりが歴史的な虎御前山への山路である。町営のキャンプ場にされていて桜の頃や夏ともなれば素晴らしい憩いの地となるだろう。神社へも詣でて句碑らしいものを探したがない。

下山して遊園地を左にしてすぐ右へ折れたら村の中である。ちょうど一人の老婆さんにあい、「ここらへんに芭蕉さんの句碑はありませんか」と、失礼ながらあてにもせず尋ねたら、「へへそれやったら、この細い路を出なはって、広い路があり、右手に小さな地蔵さんがあって、それを少し行きなはると、右手になあ、このへんの田の整備の記念の大きな碑がありましてなあ、そのうしろのへんにありますわいなあ。私もこないだまでそんな碑があるの知らなんだが、ちょこちょこたずねなはる人がおいでなので、地の人にたずねたら、私に教えてくれはったのですわいなあ」と二度も同じことを繰り返して教えてくださった。私は「やっぱり地のことは地の人に尋ねることが大切だ」と思った。細い道の前にはお寺の屋根が見え、そこを右へまわると広い新しい農域道路に出た。まっすぐの道である。

小さな地蔵堂もあり、圃場整備の記念の碑もあり、句碑もみつけた。大きな自然石には「満水栄農」と刻され、知事武村正義とあった。

その碑の左側に伊吹山の形をした自然石に額をとり大懐紙の大きさの石をはめ込んだ句碑であ

る。自然石の高さ百二十センチ、幅百五十センチ、厚さ二十五センチで句の面はタテ四十五センチ、ヨコ六十センチであり、北西の方角を向いていた。

松風の落葉か水の音涼し　　はせを

の句である。四行に書かれた碑文字はうまいものである。じつに筆馴れた運びである。碑裏へまわったが何も記されていない。

虎御前山を背にして建つ句碑の前の田は広々としてまさに美田である。遠い北の山の頂きは春の雪が輝き、少し上れば竹生島がぽっかりと浮いたように見えるし、前に座るようにある小高い山は山本山であろうか。

五村別院に建つ句仏さんの句碑

ついでに「満水栄農」の碑の横に建ついわれ書きの石碑の最初を記すと、「往古この地に世々開長者と呼ぶ先覚者あり。私財を投じ餅之井を開鑿、用水を導き積年の悲願を叶えたりと伝う。爾後この遺徳を伝承し、悠々の権益を護持し今日に及べり云々」とあった。

さて、この句は貞享元年であるから芭蕉四十一歳の時の作品で、「涼し」

も「松の落葉」も夏の季語である。句の意味は「このように水の音が涼しく感じられるのは、松に吹く風が葉を落とす音と美しく和しているためだろうか。松風と水の音との和を感じた渓流への心であろうか」と芭蕉の心に感じられた一句だと考えられる。古い歌に「琴の音に峰の松風かよふらしいづれの渚より調べそめけむ」とあるのを思い偲ぶ私である。ともあれ、句中の「か」の一字が尊い一字だ。

中野の芭蕉句碑

私の町に「美し《うつく》松」という天然記念の松の一山があって、それをこよなく愛した文化・文政の頃の地下に奥村志宇という女流俳人がいて、その著「千歳集」（文政十年）に「芭蕉翁も、松風の落葉か水の音涼し、などいひしは此山ならんやとおしあけに思ふ云々」と論じている。ちょうど芭蕉も貞享の初めに甲子吟行として甲西へ訪れ、この平松の美松山へ歩いた印象の一句かもしれないとも思える。

再び小学校の辺まで戻り、近くの「ほほえみ」という名の店で伊吹山頂の雪を見つつ休み、昼食をとった。そこで中野町の北村ときおという人の俳画を見る。

36、ちちはの頻《しき》りに恋《こい》し雉子《きじ》の聲《こえ》

翁

浅井町内保　福良荘

JR北陸本線　虎姫駅

虎姫町と別れて浅井町に入る。とりあえず町役場へ立ち寄った。なぜかといえば以前来た時よりすっかりと変わって新庁舎となっていたからだ。

社会教育課のKさんに会って句碑のことを尋ねた。気持ちのよい応待で嬉しかった。湖北なまりがちょいちょいと出て旅情を深めた。

内保にある福良荘の句碑を訪ねた。以前は福良の森の中にあって見つけることも容易でなかった。それは確か昭和三十八年頃だった。ところが縁あって現在はこうした県立特別養護老人ホームの福良荘の玄関の入り口に建っているのでとても嬉しい。

ちちははの頻《しき》りに恋し雉子《きじ》の聲　翁

の吟が四行に散らし書きの上品な文字の配置で彫られ、右下の方に翁と一字刻されていた。

高さ百三十五センチ、幅六十センチ、厚さ二十センチである。北東の方角を向いている。伊吹はま東方に拝せる。

碑裏には昭和戊戌秋（昭和三十三年）、幻庵、緋登み、また側面には為考妣追福とあった。上品でいかにも句碑らしい姿の自然石である。彫られている文字が少し読みづらい。すでに三十三年の風雪にあうとこうなるのだろうかとも思った。書は近藤弥須三さんの筆であるという。この方の家もかつて訪れた覚えがあって庭に幻庵の句碑もあった記憶がする。卍城とも号されていた。

福良荘前の翁句碑

また、幻庵の横に獺祭居とある。獺祭は「だっさい」と読み、いたち科のかわうそのことであり、先祖を祀る空想上の祭をいう。正岡子規もこの獺祭書屋主人と別号した。ここでは幻庵弥須三さんの弟謙吉さんのこととか。ついでに考妣（こうひ）とは亡父と亡母のことである。
前記の役場を出て福良荘へ行ってお邪魔した目的を申し上げたら早速、「そのことでしたら」と女子職員さんはすぐ浅井町木尾の即心寺さんへ電話をして「弥生さんおいでですか」と尋ねてくださると「いま、八島の方へ髪のセットに行くといって留守」という返事。仕方なくこの福良荘と別れた。

私はかつて「甲賀郡文学を楽しむ会」の一行とここへ尋ねて水口弥生さんの話を聞いたことがあった。弥生さんとはこの建立者弥須三さんの娘さんである。

福良の森とは古今集の古くからの歌枕の地であった。その森の中に丘があり、近藤家の所有地。弥生さんの父、すなわち幻庵さんは「俳句に趣味を持ち、近くの草野川原から自然石を見付けこの地にこの句を彫ったのである」とおっしゃった。

さて貞享五年、芭蕉が高野山に四十五歳の時に登った時の句で、奥の骨堂あたりにたたずんでいた時、ふと雉子の鋭い啼き声をきいた。焼野の雉子《きぎす》と世にいわれるように子を思う親の叫び声である。場所がら父母の恋しさがせまる。恐らく「山鳥のほろほろと鳴く声聞けば父かとぞ思ふ母かとぞ思ふ」の古歌を心に浮かべ、「六道衆生皆是我父母」の心で詠まれたのであろうか。

この句を選んで碑に刻された幻庵主ではあったが、この時代は道路の三六五号線の建設について、あちこちと移された。が、幸いこの福良荘の開荘記念に当時の所長寺田氏の配意で、この句こそここにぴったりと考えられ、この地に移建され、今日に至っている。当を得た安住の地でありたい。

この付近は現在も俳諧の盛んな地方であり、あちこちと地の俳人らの句碑が庭に建っているのを垣間《かいま》に見ることが多い。

伸びよう　伸ばそう　浅井の子
と太い字で書かれた浅井町の目標の角形の柱が夕陽に映えていた。

37、古池《ふるいけ》や蛙《かはず》飛込む水《みず》の音《おと》　はせを

浅井町内保　北川邸
JR北陸本線　虎姫駅

福良荘を出て八島のマリとかいう美容院に水口弥生さんのあとを追いつつ行ったが、どうしたことか行き違いであった。水口さんに会うことをあきらめ、内保の十字路の人に「北川主行《しゅぎょう》さんのお家を教えておくれ」とたのむと「内保西のバス停の前を左へ折れて五軒ほどいきなはると道がわかれて、少し広い場所があり、その奥の方の新築の家ですわ」と心よく返事をして忙しい中をていねいに教えてくれた。湖北の人の優しさにこれまた心を打たれた。

教えられた通りにいくとすぐわかった。ご主人の北川主行さんは留守で若嫁さんらしい方が出られて応待してくださった。

梅の古木の陰に二基の句碑が並んで残雪の湖北の一隅を照らす如く静かに立っていた。

古池や蛙飛込む水の音　はせを

の句が上五とあとの中・下の七五とに分けて二行に彫られていた。

高さ八十センチ、幅三十センチ、厚さ十五センチの小柄な芭蕉句碑である。現主人の主行さんの父親さんが梅園と俳号をして、俳句が好きだったという。従って庭前にこの芭蕉句碑と自分の句碑とを自ら刻して句作三昧をされた風雅人だったと近くの人は教えてくれた。

この翁句碑のすぐ左側に「わが庭も高きかほりの菊の花　梅園」と三行に刻されたこじんまり

北川邸　古池やの芭蕉句碑

とした句碑である。

新築の際、句碑の移動があったのか宮田先生の写真とは少し変わっていることに気付いた。

この古池の句は小さな子供から老人にいたるまでに知られている名句である。芭蕉四十三歳の頃の作で、東京の深川芭蕉庵付近での作と定説はなっている。素直な句であり、静から動への閑静な句であり、かつ世人の眼を覚ませた句として尊ばれる句である。

この北川邸を別れて再びもとの街道へ出た時、前の寺の境内に、鐘楼が見えた。誓願寺という本派の寺だ。この寺の梵鐘が文化財と知った。せっかくというので梵鐘に近く寄り刻銘を手で撫でた。なるほど正平という造銘が読めた。一三六七年であるからすでに約六百三十年も経っているのだ。よくも残されていたと尊く思い合掌して別れた。このまま前の真言宗の廃寺の境内にも他の人らしい句碑があった。

再び役場や三田の方へ向かった時、左側の農家らしい庭に句碑らしいものをみつけ、近寄ってみたら、「大いなるものに抱かれて冬篭る」という句が刻されていた。いい句だとひとりごとしていたら、隣の畑で農作業をしていた婦人が「この人はなあ何んやら俳句が好きで自分でこつこつとしてこんなものを作りなはったんや」といい、「私らにはわからんがありがたい句ですなあ」と私らに話を合わせ、田中実三さんの家ですと留守のことを、これまた教えてくれた。句碑の下の方には「秀水」と彫られていた。大いなるものとは「仏さん」だろう。そう思うと宗教心の厚いお在所と感じ入った。

38、田一枚植《う》えて立《た》ち去る柳《やなぎ》かな　翁

浅井町三田

JR北陸本線　長浜駅／虎姫駅

再び国道三五六号線に突き当たり、左へ行けば前記の福良荘の方である。が、右へ折れてしばらく走ると草野川で、その橋を越えると道が右と左に分かれていた。右へ行けば三田といい、近くに平和堂が見える。

その分れ道の三角地に一基の芭蕉句碑が建っている。午後三時近くで太陽は西の方へ傾いているので碑面が陰になると写真をとるのにと心配していたが、いやはや反対でちょうど句碑に太陽光線はさんさんと輝いていた。

車を近くの信広苑さんの前庭に置かせてもらった。

田一枚植えて立去る柳かな　　翁

の句である。田一枚　植えて　立去る　柳かな　と四行書きである。右下の方に翁と刻されている。美しい筆の運びである。ことに柳の文字に墨継ぎのように太く、しっかりした雅味のある筆法

である。

裏面には為開拓者　漣藤次郎追福　昭和三十二年戊建之、とあり、星明書とあった。

高さ百三十センチ、幅八十センチ、厚さ二十センチで、早速持っていた磁石をとり出して調べたら、ちょうど南の方角を向いていた。同行の三品正親さんに昭和のわの字が咊とあることに話をした。

さて、漣（さざなみ）藤次郎とはどんな人だろうと思った。前記の長浜市三和町にお住いの宮田良英先生の説によると
漣藤次郎氏（びわ町出身）、長浜市にあって電気器具商を営む。今次大東亜戦の進むにつれ挙国愈々食料難となるに及んで逸早く家業を実弟に譲り、浅井町福良の森に至って雑林を開拓。良田を得て漸くと思う間もなく不運にも早逝した。戦後近親、知友集まり生前の労をねぎらって開拓の此地に追福の碑を建てた――と。

この句はいうまでもなく「奥の細道」に出ている芦野での句である。西行の「道のべに清水流るる柳かげ、しばしとてこそ立どまりつれ」の歌を心にして芭蕉は作意を示されたともいう。世にいう遊行《ゆぎょう》柳という。

私の近所の人も田を数える時、必ず一枚二枚と紙を数えるのと同じ枚という語を使っておられたことをなつかしんでいた。

この碑の文字が星明書とあって、かねてより存じている岡星明さんであることを知って一層親しみを感じた。現在もご壮健で毎月俳誌「青湖」を送り届けてくださる。家内も私も喜んで拝読している。思えばこの文字がその星明さんの三十五年前の筆跡かと思うと若い頃からかくも達筆だったかと益々敬服した。

今日の行動が無事有意義に終わろうとした時、陽は湖西の山脈の比良の嶺に傾きかけた。自動車を置かせて貰った信広苑の前庭を見、折角の浜ちりめんとやらを手に触れたくなって店内へ入った。勤めの方であろう、女子の方三人程が微笑してお相手をしてくださった。お抹茶を施してくださった。ほっとして疲れていたのがなぐさめられた。白い布の浜ちりめんの三丈巻を直接私の手に受けた。その感触はどっしりとした。宝のようだった。

ある人からかつて曽良も芭蕉もこの長浜を通ったり、宿泊したとも聞いた。その頃の長浜はどんなであっただろうかとつい思いをはせつつ名残を惜しみ、優しかったこの店とも別れて、夕照を車上で拝んだ。楽しかったが少しつかれた。だが夜も逮夜に参って、月の美しい夜をぐっすりと眠った。

長浜地方(2)

長浜／高月／余呉／西浅井

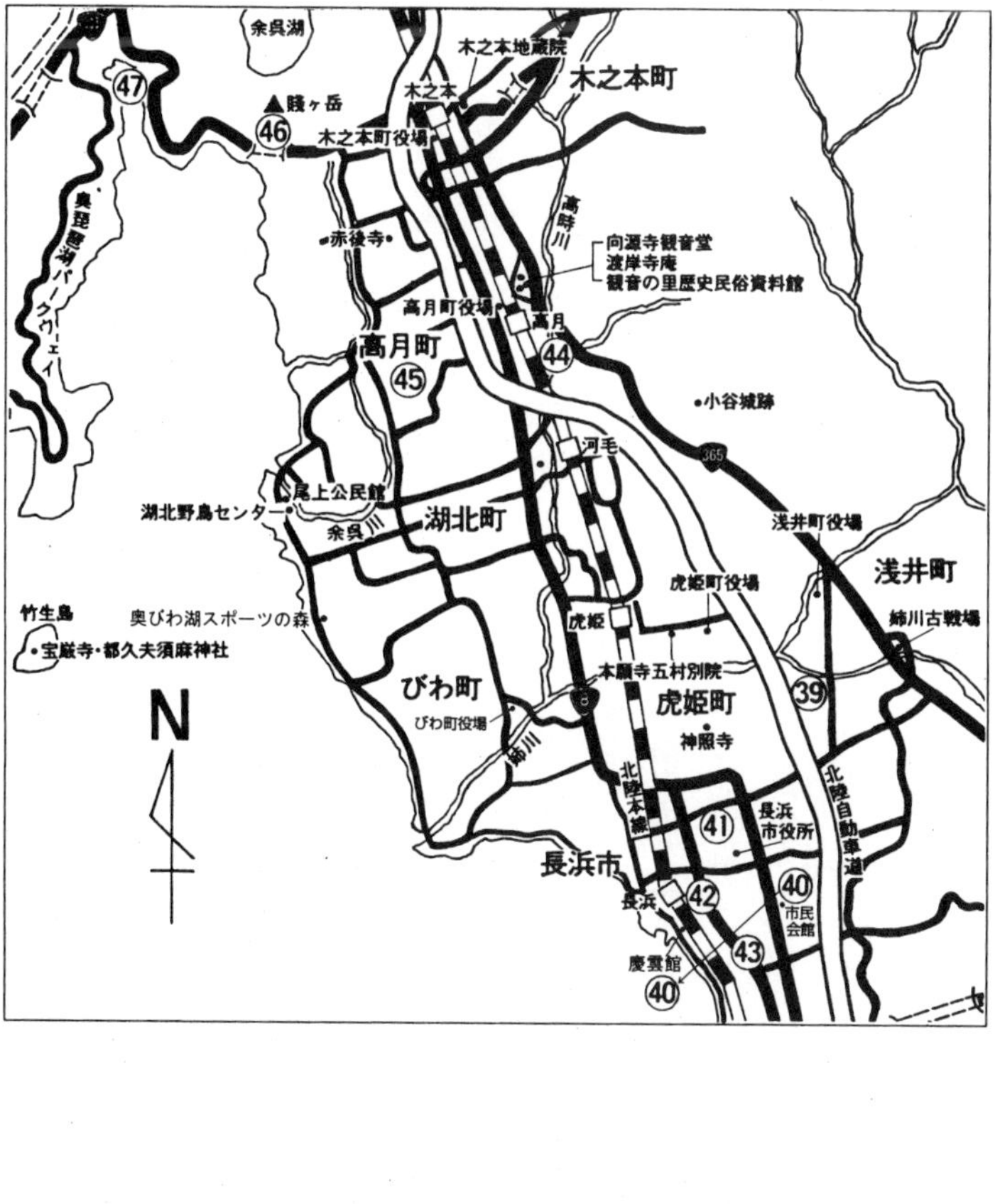

39、夕顔《ゆうがお》や秋《あき》はいろいろの瓢《ふくべ》かな　はせを

長浜市今町

JR北陸本線　長浜駅／虎姫駅

伊吹山頂を東方に真近く仰ぎ、夏の蝶がもつれあいながら空に飛んでいく。古戦場で有名な姉川の堤には、樫の木の若芽が伸びている。その昔には楸の木も茂っていたかもしれない。静かな村落長浜市今町である。

何度も訪れている私であるが、関ヶ原インターから伊吹山麓の坂浅東部広域農道という静寂な道を選んだものだ。気持ちよく走って、南池・北池の在所を経て大路を越えて湯田橋を渡った。その時、姉川古戦場が後方に見えた。「姉川にかかる今村橋を渡れば良かったのに」と思ったが、すでに浅井町の内保近くまできていた。仕方がないので、湯次の所で北陸自動車道のガードの下をくぐり、国友の村落に入り、郵便局から左に折れて真っ直ぐに走ると、目的地の今町であった。

先年、ここの田地が整備されて、小川が田道に添って造られた。その川辺へ芭蕉の句碑が移された。以前は今町の八幡社の傍にあったが、バイパスの完成とともに、この清水のよく見える地

にどっかりと据えられたのだ。昭和六十三年頃である。

青い石で、秋の夜の稲妻のごとく白い石の線が走っている。昔はこの稲光によって稲が実ると思われ、この稲妻という語が生まれたというから、わざわざとこうした自然石を選ばれたのかもしれないと当時の建碑者に心を寄せた。

碑の大きさは、地上から高さ百九十センチ、幅百センチ、厚さ三十センチであり、碑面は南を向いていた。

碑の右の傍には小松が植えられ、左には伽羅《きゃら》の樹が鶴のような姿に育てられていた。碑面には、

夕顔や　秋はいろいろの　瓢かな　　はせを

の句を四行にちらし書きにしていた。下部には今村社中とあった。

なお、碑の少し離れた所に枝垂れ桜、左にはこの碑の説明が、木製の立派な掲示板に記されて立てられていて、下には草花が植えられた。地元の人の心の豊かさが感じられる。川に気をつけて裏へ回ると、

霧雲や　はれ南無阿弥陀　仏の月

の句が彫られ、明治二十九年吉祥日、九々鱗山石拝とあった。

山石とは浅井町の真言宗醍醐寺の住職で、明治三十七年に没

した俳僧である。かつて京都の高桑闌更を開祖とする芭蕉堂の五世九起の門に入り、師の九の字を戴いたのだろうか。

この芭蕉の句は、貞享五年芭蕉四十五歳の秋の作という。『曠野《あらの》』の句集には、中夏の部に入れてあるから夕顔の花を詠んだのかもしれない。また、他の句集『千鳥掛』とか『泊船集』などには秋の部となっている。すると秋の瓢だろうか。

芭蕉が鳴海の知足亭にて、七月十一日には夕顔に青い瓢がなっていたのを見て詠んだともいう。

意味を考えると、秋になってまもないこの家の畑には、もう夕顔の花も残り少なくなって、一つか二つくらいだ。よく見つめると、以前に咲いた花のあとには早や青い瓢がさがっている。かつて夏の夕方に花をつけて白く咲いていた夕顔も、秋ともなるといろいろな形のふくべになるのだなぁというのだ。夏から秋への季の移り変わりや、ふくべがいろいろの姿となって変わり、利用されることや、自然に対する詠嘆でもあり、その家に対する挨拶でもあろう。

この碑を裏からみると、ちょうど羅漢さんの頭のようだ。あたりを見回すと、田野はすでにゲンゲ田となり、麦が育っている。遠くの小谷城はかすんで見えるし、虎御前山も見える。

40、蓬莱《ほうらい》にきかばや伊勢《いせ》の初《はつ》たより　はせを

長浜市民会館　前庭
JR北陸本線　長浜駅

※平成十六年、慶雲館（長浜市港町）庭園に再移設

長浜市もJRが京都から直通になったり、市内に八号線のバイパスが完成したり、湖岸道路ができたり、北陸自動車道が開通したりなどしたために、大変行きやすく親しみのある街となった。米原I・Cから下りて長浜市への八号線のバイパスを北に向かって走っていると、立派な市民会館が右側に建っている。その前に芭蕉句碑がある。

会館の建物も大きいが、この芭蕉句碑も大きい。おそらく県内では最高の句碑といえよう。測るにもいかんともし難い。なんとかして測ったら四百四十センチほどあった。幅は百七十センチ、厚さ五十センチもあった。それに台石の高さ三六センチというのに建てられているのだ。みごとな碑だ。

こんな大きな石をどうして運ばれたのだろうかとも思う。私が句碑に興味を持ちかけた四十年以前の頃は、琵琶湖の見える豊公園辺りであったかと思っていたが、ある人は慶雲館だと教えて

平成16年、慶雲館庭園に再移設された芭蕉句碑

くれた。とにかく椎の木のような雑木の緑を背にし、前に小さな石の水おけがあり、灯篭があってお墓のような印象であったことを覚えている。

現在、昭和四十年にこの市民会館建設の記念の一つに、この地へ移されたという。とても落ちついた安住の場だ。

この石は湖西の小松の石で和船に乗せて、はるばるとこの長浜へ届けられたと聞く。

句の文字は、膳所義仲寺の無名庵十六世の瀬川露城宗匠だ。

蓬莱にきかばや　伊勢の初たより

と、二行に書き、右わきに『はせを翁の句　露城書』とある。南の方角を向いていた。

露城は俳禅窟と号し、嘉永四年（一八五一）八月十八日播州姫路で出生。父は姫路藩の鋳物師安右ヱ門。須磨では寝覚庵を結んだ。

長浜市民会館前の芭蕉句碑と伊吹山（平成５年）

かつて長浜の財界の巨頭であった人は、柴田九峰と、浅見又蔵といわれ、二人が共に協力してこの碑の建立の実現に努力されたのだろう。露城晩年の筆跡と思う。

現在、碑の傍には、『愛』と彫られてあって、『社会を明るくする運動』と刻された上品な石がおかれている。ちょうど心の灯火になる石で、この地によく似合っていた。

私は、その市民会館の前の道を通ったとき、伊吹山を目当てに真っ直ぐ進み石田三成の遺跡を尋ねたり、山東町の観音寺さんの芭蕉の句碑などを訪れたりする。その時には必ず一度立ち止まって、この芭蕉句碑を見る癖がついた。

とにかく大きい句碑だ。拓本は、どうしても取ることができないだろうなあ。（平成五年記）

41、をりをりに伊吹《いぶき》を見《み》てや冬籠《ふゆごもり》　はせを

長浜市宮前町　八幡宮
JR北陸本線　長浜駅

ＪＲ長浜駅前の広い道を東の方へ進むと、この頃脚光を浴びている『黒壁の館』とか、『北国街道』とかいう街並みがある。左側には大通寺の大きな長浜御坊が拝める。なお進むと、高田町の十字路がある。その近くは税務署や小学校、滋賀銀行、商工会、公民館などが右側にあって、左側には福祉センターや市役所がある。その市役所の裏というか北側が、有名な長浜八幡宮である。広い境内である。お祭りには、多くの山車《だし》が出て勢揃いされる場所だ。その広場の南西の一隅に、芭蕉の句碑が建っている。

くずれ石組みを二段に積んだ七十センチの台に、大きなおにぎりのような姿の自然石に、その原型に合わせたように額縁を取って、どっしりと句碑が座っている。いやいや、おにぎりというより大きな硯の型といった方が雅味もあり、よく似合うだろうか。

をりをりに伊吹を見てや冬籠　　はせを

の句であった。

高さ百五十センチ、幅百二十センチ、厚さ六十センチという立派な自然石である。地上からの高さは二百二十センチであった。

ちょうど碑の後背は伊吹山らしいが、あたりの建物や松などで、残念ながら山頂を見ることができない。

湖東社連中の協力にて建つ芭蕉句

碑裏には湖東社と大きい文字が刻され、故鬼眼以下八名と十四名、その他活斎十名とが彫られている。最初の八名には故の一字がつけてあり、後はつけていないから、その当時には生存者であったのだろうか。なお、向かって左側面にも山石以下十二名が刻されていた。合計三十五名の人たちの協力によって建碑されたのだ。
この碑も、以前は隣の長浜赤十字病院に近い方に建っていたのだが、いろいろ尋ねると、やはり昭和五十年頃にこの場所へ移されたという。句碑も時代によって移動されることが多い。よく私らの仲間では「句碑が歩く」という。

湖東社とは長浜市の面々の俳人で、中心は柴田九峰であった。

碑の文字は、中之郷出身の東野静逸こと活斎と号した俳人である。この方は膳所義仲寺の墓の傍の大きな石碑に、かの芭蕉病中吟の名吟である『旅に病て夢は枯野をかけ廻る』の一句の文字をも記しているのだ。

長浜の、この宮さんを出た所から眺める雪の伊吹さんは、実に素晴らしく、霊峰富士かとも思える。地の人は、よく伊吹富士と呼んでいるが、まさにその通りだと雪のある日見惚れた私である。

この句については以前、高宮の神社のところでも説明したと思う。

ところで、残念なことに、考えの浅い人が拓本を取るために、石面に直接油入りの墨を塗られたらしく、碑面がひどく汚れて実に寂しい限りであった。

ついでに、この碑のすぐ後方に、

湖の国の山車は扇に招き曳く

という鶏二の句碑が建っている。いうまでもなく、先年亡くなられた橋本氏の句である。

平成二年九月に御大典記念献納の句碑という。石の型が名にも通じるのか、鶏のとさかのような姿石である。

八幡さんの本殿に向かって礼をして、この境内と別れた。

大正十二年十一月に、西田天香氏がこの境内地を訪れて『神苑の楓に秋をおしみけり』の一句を吟じている。それをふと思い出し、私もまた秋の日に訪れたいと思った。

42、めい講《こう》やあぶらの様《やう》なさけ五升　芭蕉翁

長浜市地福寺町　成田邸

JR北陸本線　長浜駅

長浜市内を走る八号線のバイパスは、便利で気持ちが良い。その線と平行に走っている旧道を米原からくると、長浜市の入り口に田村、高橋、そして大戌亥《いぬい》という町がある。その戌亥町のあたりに平方町、勝町があり、そして地福寺町がある。鉄路をくぐると、間もなく琵琶湖が見える。その、地福寺町内に成田益規《ますのり》さんのお家がある。その庭中に芭蕉の句碑のあることを聞き、宮田良英先生の御案内で御邸を訪れさせてもらった。親切な奥様のお言葉で部屋へ通していただく。床には連月尼の七十五歳の幅がかかっていた。

このとそのにけふ咲花は
いくはるの
もも悦びのはじめなるらん

と、美しい独特の筆づかいである。たしか『天寿幽雪』とあったと思う。

成田邸内に建つ瀬田真黒石の芭蕉句碑

また、宗範八十翁の作品も拝見した。宗範は長浜市の国友の文人であり、茶人であった辻宗範である。八十三歳、天保十一年（一八四〇）八月二十七日に亡くなられた有名な雅人であった。

やがて、庭下駄をはき、庭を歩いた。「あった。あった」と心に歓喜心を抱いて、句碑に近づいて碑を撫でた。

広い庭であり、大小の茶室もある。句碑は瀬田真黒石のようである。句碑を撫でながら句を読む。

めい講や
あぶらの様な
さけ五升　　芭蕉翁

と三行に彫られている。側面には、『寛政四壬子年三月十二日　建立』と読めた。

地上よりの台の高さ三十五センチで、その台の上に高さ百五十センチ、幅三十五センチ、厚さ三十センチであった。碑面は、西南西の方角を向いていた。あたりには樹々も多く、古い言葉でいえば「背に紅葉を負うがごとし」である。

　この句は書物では、『御めい講』とか『御めいこ』と「御《お》」の一字が使われているが、この碑は「御」の一字がない。御命講とは日蓮上人の忌日で、十月十三日である。日蓮上人の消息に『新麦壱斗　笋三本、油のような酒五升、南無妙法蓮華経と回向し云々」と述べられている。おそらく芭蕉もこの言葉からこの句を吟じたのだろう。この句も、訪れた時その主人への感想の心で詠む、誉め言葉の句と思える。

　側面の寛政四年といえば、芭蕉没後九十八年にあたる。油のような酒とは大層結構な濃厚な美酒のことで、送り届けてくださった人への感謝の心の表現であり、かつ滑稽味のある深い親しみの言葉である。芭蕉四十五歳の冬の作である。

　碑の傍に建つ茶室の名は『無庵』という。また、右手に見える門は竹中半兵衛の門とかいう。茶室の屋根の勾配がとても良い。

　再びある部屋へ通されたら、その床の間に『語らひは雛雪洞の消ゆるまで　野風呂』とあった。今は亡き鈴鹿野風呂先生の作品である。

　別れがたい庭や句碑に、もう一度目をやった。そこには『従是西長浜領』の地領碑も目にとまった。

　ぜひ、縁あれば再び訪れたいと余情を残しながら門を出て、右へ進むと、近くの垣根に『わび助』がひそかに花をつけていた。

43、四方《しほう》よりはな吹入《ふきいれ》て鳰《にほ》の海《うみ》

芭蕉翁

長浜市下坂浜町　良畴寺

JR北陸本線　長浜駅／田村駅

彦根市松原を経て万葉歌碑のある磯・朝妻・世継・長沢・田村などと湖を左手に見ながら北へ進む。と、下坂浜町があって、右手に大仏さんが拝せる。

その大仏さんのお寺を良畴寺という。禅宗妙心寺派の寺院であるから、何となくもの静かで品がある。以前は梅の木が多かった。が、大仏建立の大発願、整地の為この頃は大変だ。

前の道を通るたびに、だんだんお姿が大きく完成に近くなられて、ありがたいと思う私である。この寺の山門をくぐると正面に本堂があり、その前庭に芭蕉句碑の自然石がどっかりと庭の中心の位置を占めている。参る者に「ようお参りやす」と迎えているようだ。

四方より　はな吹入て　鳰の海

の句である。句を知っているから読めたけれど「は」の一字がすぐには読めない。「半」という字だろうか。句は三行に彫られている。楽しい筆づかいで、あたりの環境にマッチ

良畴寺

美し松に倚るごとく建つ句碑

良疇寺境内に建つ桜井梅室の句碑

している。高さ百三十センチ、幅百六十センチ、厚さ十五センチで真南を向いていた。

　誰の筆跡か知らないが、ここのご住職か、はたまた、同境内に碑がある谷鉄臣かもしれない。

また、同境内に、

　水鳥も船も塵なり鳰のうみ

という桜井梅室の句碑もある。が、この芭蕉の句碑の字は梅室ではない。そして梅室の句碑に、わざわざ梅室作とあるのは少し変で、普通ならば梅室書とか、ただ梅室だけで良いと思う。

　そう考えると、芭蕉の句碑の文字と、この梅室の句碑の字とが似ているように思えてきた。宮田良英先生は、芭蕉の句碑も、梅室の句碑も柴田九峰が寄贈したとおっしゃったように思っている私であるので、ひょっとすると両方とも同一人筆のかとも思う。すると、東野活斎の字かもしれないと心をかすめた。早速、宮田先生に尋ねたら「この四方の碑の文字は綾小路百長と伝えられているし、建立の記録は見当たらないが、嘉永六年、松林松巣（長浜宮司、宮川藩士堀田）この地に亭を建て、門人に俳諧を教うとあるので、この頃の建立でなかろうか」などと、間もなく親切にお便りを頂戴した。

さて、この四方よりの句は、高島の白鬚神社、塩津浜の宮さんの山の上、大津の膳所近くの御殿浜にも建てられている。まさに四方の位置にこの句の句碑がある。

この句は芭蕉が膳所にいた洒落堂珍夕という人を訪れて、その時一文を草した後に、この一句を入れて置くのだ。その文の最初のところが、この寺にふさわしい。

『山は静かにして性を養い、水は動いて情を慰す。静動二つの間にして、栖《すみか》を得る者あり。云々』と家のあたりの美を述べ、この句を記して挨拶とされたのである。

この碑の傍に、甲西町平松に生えている天然記念物の『ウツクシ松』が植えられている。この松は男松にあらず女松にあらずといい、他所へ移植すると本来の姿を変えるか、枯れると伝えられている。が、ここの松は環境がいいのか、よく育っている。

辺りには小野湖山や谷鉄臣の名の碑や、『ひらのねの』の句碑もある。

以前、本堂内の干瓢の厨子に入れられた芭蕉像を拝したことがあった。幻住庵にあった椎の木で造ったというのだ。天保十年頃の作だった。

長浜市は何かにつけて歴史の深い町である。しかも、俳諧のゆかりのある所である。千代尼の句碑もあるし、句佛さんや、小波さんの作品も多い。家並みも尊いし、大通寺という御坊を中心に、また秀吉のゆかりのお城を中心にひらけた歴史的な古都といえよう。ことに湖水が美しい。

44、たふとがる涙《なみだ》やそめて散《ち》る紅葉《もみじ》

はせ越

高月町高月　大圓寺
JR北陸本線　高月駅

高月町は「観音の町」という印象が強い。

鶏足寺・石道寺・渡岸寺などの三ヵ寺は県内のみならず、日本的にも名が知られている。これらの他にJR高月駅裏の森の中に、大圓寺という観音さんの寺がある。

降り続いた梅雨の上がる頃の午後五時頃、この大圓寺を訪れた。

境内の入り口、参道の右には『十一面千手観世音菩薩』、左には『慈眼山　大圓寺』と同じぐらいの大きさの碑が建っている。日吉神社と同じ境内で、なかなかの神仏習合の聖域である。

山門の手前の左側に、ちょっとした築山があって樹が植えられている。あたりに碑が二つあって、その一つが芭蕉の句碑である。

碑の高さ百九十センチ、幅百十センチ、厚さ五十センチという自然石で、大きい烏帽子のような姿である。

慈眼山大圓寺境内

その石の表面を額のように美しく、しかも曲面に石がたたかれて芸術的である。その額面は、高さ百二十二センチ、幅五十三センチである。そこに、

　たふとがる涙や　そめて散る紅葉

と二行に彫られ、はせを、と記し、左下の方には小さく『方堂書』とあった。

堅そうな石質らしく、立派な自然石である。

この句は、芭蕉が彦根市平田の明照寺の李由を訪れて一泊した折りの句であることは、前にも記した。元禄四年、芭蕉四十八歳の冬の作という。

はらはらと散る紅葉は、ちょうどこの寺へ参詣した善男善女が仏の慈悲を尊く思い、流す涙が赤い色に染まったのであろう。この寺院の風致の尊さと仏恩のありがたさを述べて、主への挨拶の句であろう。

しかし、ここの地のこの句は、芭蕉の心もさることながら、この高月には前田俊蔵（由松）という十七歳の尊い犠牲の物語が伝わっていることを区民は感じて、義仲寺の寺崎方堂師に依頼して、芭蕉の句の中からこの句を選んで書いてもらい、しかも近くの高時川の井堰の台石を記念にと建

由松顕彰碑の前に建つ翁句碑

立されたのである。

碑裏には、風雪で読み難くなっているが『昭和十六年、下井堰土台石を記念に配置、水神前田居士の尊き犠牲に無名庵方堂宗匠の名吟を認刻す昭和二十七年八月』と判読した。文中の『宗匠の』の乃の一字が新しく、大きく感じたが、『宗匠、芭蕉の名吟を』とあったのではなかろうかと思いつつ読解した。

伝わることを聞けば、誤解されて方堂さんの句、

振り返る我に明るき照る葉かな

と彫られたが、改めて今のように芭蕉の句を刻されたという。一つの句碑にも歴史があるものだ。

その碑の隣には前田由松さんの犠牲の美挙伝が、当時の知事の篭手田《こてだ》安定の筆跡で題が書かれ、明治十七年に郡長小山政徳の文が刻されて建てられている。

45、八《はっ》九《く》間《けん》空《そら》で雨《あめ》ふる柳《やなぎ》哉《かな》

翁

高月町東柳野　売比多《めひた》神社

JR北陸本線　高月駅

名神を経て北陸道の木之本I・Cをおりて湖岸の方へ折れると、余呉川にかかる橋がある。その手前の道を左へ折れて下る。あたりは桜並木で、花の頃になると山を背景としての美観は素晴らしい。道路の右側に点在する西山・北布施などという在所は湖北の静けさを保っている山村である。続いての村落が赤尾という。ここまでが木之本町である。

先日、三ヵ年ほどかかってこの赤尾の古い西徳寺という真宗寺院は惣道場の建築、形態が残っているというので、国の指定文化財として修復された。

すっかりと草葺の妻入りの本堂は、素朴な姿で参る者に閑静で清浄感を与える。特に雪の多い地であるので、いろいろの工夫がされている先人の心が伝わる。

この寺は聞法の寺である。が、この寺の何代か前の御住職は、岩石・鉱物・化石などに研究の深い文化人がおられ、その珍しい石が保存されているという。県内の草津市の木内石亭の『雲根

売比多神社

志』という書物に出てくるような貴重な学問的な化石・岩石・鉱物などの資料がある。

さて、その在所を過ぎると高月町である。右手の在所は松尾、西野と続き、路より左は磯野、東柳野となる。東柳野と書いて地元の人は「ひがし、やないの」と発音しておられる。

その東柳野の在所へ入った所に、東柳野営業農拠施設があり、その横に町の集会所もある。『あいさつが結ぶ人の和、区民の和』というステッカーが貼られていて、通る者の目につく。

その前に神社の森がある。『式内売比多神社』と社碑が建つ。近くの人に聞いたら「メヒタ神社さんですわ。久留弥多の神さんが祀られているといわはれますわいな」と湖北なまりで教えてくださった。

境内のすぐ右に鐘楼がある。神社と寺院と

の共同の地で古くの神仏混淆《こんこう》（習合）の名残だろうか。「この釣り鐘はなぁ、お薬師さんの長命寺さんのどすね」と、私ら二人の姿を見て通られる人もいた。

その釣り鐘堂の石組みの傍に、芭蕉尊敬の黒石の碑が建っている。

正面には『正風宗師』とあり、右には『八九間そらて雨ふる柳かな』左下に『はせ越』とある。正風宗師の文字は筆太であるが、句は細字であるので、よく気をつけないと読めない。高さ百五センチ、幅六十五センチ、厚さ三十センチである。碑面は、句の好きな人の真面目な字で、雅味のある筆づかいで楽しい。方角を計ったら南西を向いていた。

東柳野町の翁句碑

裏には『明治二十年冬　当所社中』とあった。この在所にも、芭蕉を慕い、俳句を楽しんだグループがおられたのだ。

46、なつくさや　つはものどもの　ゆめのあと　祖翁

木之本町賤ヶ岳　大岩山
JR北陸本線　木之本駅

今年の梅雨期に入って降り続いた雨も、暫く止んだ日の午後、写真係の三品正親さんと二人で木之本インターまで走った。私宅（菩提寺）から丁度一時間。I・Cを降りて八号線を左へ折れ余呉川を渡って、すぐ右の旧道を走ると大音の在所。近くに賤ヶ岳リフト用の駐車場がある。そこへ車をおいてリフトに乗る。往復切符は七百円。六分間の美しい自然のふところに抱かれた。リフト駅より三〇〇メートル程の瓜先上りの道を歩むと頂上である。標高四二一メートルという。右には山本山へ続く山並み、伊香郡の眺望。左下は塩津街道の在所、竹生島、遠くには沖島などがあり、そして少し北には余呉湖が真下に見える。

耳をすますと老鶯が啼き、時鳥《ほととぎす》が啼き渡る。樹々の枝を吹く風が、下から吹き上げる。あじさいの紫が陽光に映え、虎の尾の白い花が揺れている。

売店のオバサンに「中川清秀の墓へ参りたいが、どのくらいの距離ですか」と尋ねたら、「行った

ことないのどすが、三キロ半ぐらいですって。尾根づたいに行けるそうでっせ」と教えてくれた。リュックを背にして覚悟を決めて歩き始めた。荷物よりも、雨のことや道不案内のため気が重い。細い道を下りる。しかし、幸いに道辺の草が刈られ、整理されていたのが嬉しかった。一人しか歩けず、二人が並ぶ道幅がない。思っていたより、急な下り坂である。芭蕉の碑を求めて、黙々と歩いた。下り坂は爪先が痛い。分岐点が三ヵ所あった。間違わないように考えて右へ進む。左へ行けば余呉湖へ下りるらしいから。進むこと三十分。やっと左側に芭蕉の句碑を見つけた。汗びっしょり。リュックを地に置き、磁石・メジャー・ハサミ・タワシ・ノート・双眼鏡・手袋・カメラなどを出す。句碑四基の前は雑草が伸びていた。

芭蕉の句碑は自然石で、その高さ九十センチ、幅五十センチ、厚さ八十センチ、まるでライオンが吠えているような姿である。

その自然石の中に、たて四十センチ、よこ十七センチの短冊形のコンクリートのような板をはめこんで、句が二行に彫られている。

奈都久佐也　都波母能登

母能由米能阿登　　祖翁

とある。万葉仮名を遣っての一句だ。

なつくさや　つはものともの　ゆめのあと　　祖翁

世によく知られている奥羽の平泉の高館《たかだち》に登っての句で、芭蕉四十六歳夏の吟である。義経や

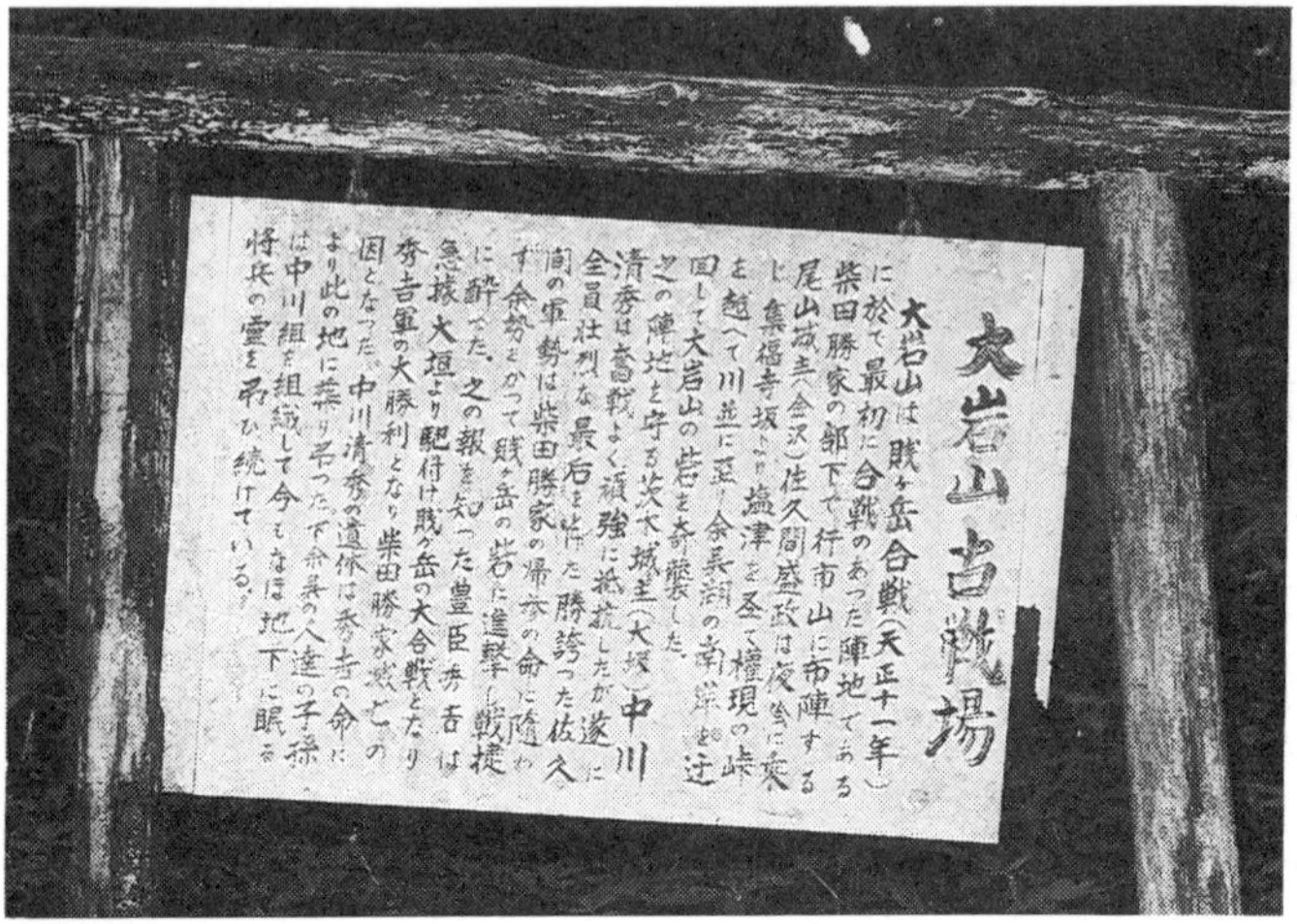
大岩山古戦場
大岩山は賤ヶ岳合戦（天正十一年）
に於て最初に合戦のあった陣地である
柴田勝家の部下で行市山に布陣する
尾山城主（金沢）佐久間盛政は夜半に奔
し集福寺坂より塩津を経て権現の峠
を越へて川並に至り余呉湖の南岸を辿
回して大岩山の砦を奇襲した
之の陣地を守る茨木城主（大坂）中川
清秀は奮戦よく頑強に抵抗したが遂に
全員壮烈な最后を遂げた勝誇った佐久
間の軍勢は柴田勝家の帰还の命に随わ
ず余勢をかって賤ヶ岳の砦に進撃し戦捷
に酔った。之の報を知った豊臣秀吉は
急拠大垣より馳付け賤ヶ岳の大合戦となり
秀吉軍の大勝利となり柴田勝家滅亡の
因となった。中川清秀の遺体は秀吉の命に
より此の地に葬り弔った。下余呉の人達の子孫
は中川組を組織して今もなほ地下に眠る
将兵の霊を弔ひ続けている。

翁句碑

家来の武士たちを思い、はかなく消えていった功名の義臣らを偲んで、奥の細道に書き綴られている感動する一場面での句である。

今、私もこの地に佇み、賤ヶ岳の山頂を眺むるとき、七本槍の勇士や中川清秀ら主従の叫び声が聞こえた。

この句碑のすぐ傍には、高さ九十センチ、幅三十センチの人形のような姿の上品な自然石に、

草はなの露ちる波の余呉のうみ　古巣

の句碑がある。

古巣とは、速水高田の渡辺去何という。この二基は賤ヶ岳山頂を望んで建てられ、他の二基の俳人連（右十六名、左十九名）の碑は真東を向いていた。この俳人連の句はすでに読み難い。明治晩年に、木之本町黒田の泥中庵去何、西川誉三郎さんら面々である。ここらの場所を『猿が馬場』というらしい。以前来た時は下に余呉湖を見下ろせたのに、今は樹々が茂ってしまった。桜の一本が太って花の季ともなれば、これらの碑をふところに入れるように咲き乱れるだろうと思う。汗がひいてきて、木の間を通ってくる風が気持ちが良い。再びリュックを背負い、ぼつぼつ歩き続ける。少し行くと右に首洗い池がある。なお行くと右側に木之本へと折れる道がある。左下には余呉湖が見えた。先日来の雨の為か濁っていた。樹々を吹く風が寂しいと感じた頃、遠雷が聞こえる。雲の走りが速い。ちぎれ雲が湖面に映ったかと思うとすぐ消える。また、背に汗を感じた。

やっと清秀の墓。坂の入り口には『余呉八景　青嵐　大岩山』と石碑が建つ。

中川清秀の墓

中川清秀公之墓所と刻された細長い石碑の後方には、立派な墓碑が建つ。『天正拾一年癸未歳、四月二十日、浄光院殿行誉荘岳大居士』とある。一五八三年であるから、四百年以上前のことである。私は、もう参れない墓の一つかもしれないと思いつつ合掌した。

　宝暦十二年には、豊後の岡城主、中川修理大夫が、わざわざとこの墓へ参られたことも記されてあり、現在もこの近くの下余呉の在所には、中川組と名付けて毎年墓参りされるという。時にこの城主清秀は、年四十二歳。あたりは朴の大きな病葉《わくらば》がはらはらと散華の如く舞い散った。

　その後、私らはリフトまで戻るのがおっくうになって、下余呉の方へ下りた。見覚えのある観音堂と釣り鐘堂が見えたときほっとした。

　結局、もうすぐ七十歳になる私は、賤ヶ岳を縦断したのである。

47、四方《しはう》より花《はな》ふきいれて鳰《にほ》の湖《うみ》　はせを

西浅井町塩津　塩津浜
JR北陸本線　近江塩津駅

湖北の「西浅井町には芭蕉の句碑があるだろうな」とは思っていた。ふと同好の士の一人、石田耕三氏に尋ねたら「あります」との返事。そこで、その碑を訪ねる機を待っていた。「この地方は雪の深い所で山ですから、おいで下さるのなら初夏頃が良いでしょう」との返信を得た。石田さんの人柄を示すように、ついでにとあれやこれやと資料をコピーして知らせてくださった。

六月一日、遂に念願であった塩津へ向かった。竜王から名神高速にのり、米原から北陸自動車道を利用して木之本I・Cまで走る。インターを降りて琵琶湖の北を回り、飯浦や藤ヶ崎の美しい水の湖辺を愛でながら走り、塩津の浜まで来た時、寺院の屋根と神社の屋根の姿が目についた。神社には『鹽津神社』の社碑が建っていて、立派な鳥居が二つも続いて建っていた。神社の由緒の立札も傍に建てられていた。

古い石の社碑の面には万葉集が刻されている。万葉集第十一巻（二七四七）の歌である。
『味釜《あじかま》の塩津《しおつ》を斥《さ》して漕《こ》ぐ舟の、名は告《の》りてしを、会《あ》はずあらめやも』である。

塩津に関する万葉集には、同じく巻三（三六四）に『丈夫《ますらお》の弓上《ゆずえ》振り起せ射つる矢を後見む人は語り継ぐがね』。また続いて（三六五）『塩津山うち越え行けば我が乗れる馬ぞ爪づく家恋ふらしも』などと見られる。

そんな歌をすでに文政十一年戊子十一月に中村順孝という人が建立されている。すでに約百八十年程前のことである。

塩津のこの辺を塩津浜と呼んでいた。在所の前は湖であった。が、戦時に多くの旧制中学生などの奉仕作業の力を得て、現在は干拓田となった。

万葉の時代から、詩歌や紀行文によく書かれた塩津湊が、すなわちこの塩津浜かもしれない。在所の中には、現在も旧道が残り、二階建ての妻入りの旅館のような大きな家構えも見られ、常夜灯や『塩津海道』と彫られた碑も、あちこちに建っている。あたりの草木に触れると、過ぎし日のロマンの香が漂っている。縁あれば新道を走らずに、少し旧道を歩むと楽しい。

神社の本殿の右側に案内板があって、歩き易いように階段が作られていた。幻住庵記の文のように、大きく三曲がりしていた。山頂は、そう高くないと聞いた。しかし、目の前に見えているが、なんせ上り坂である。滑りやすい所もあり、右と左への分岐点あたりから急坂となり、息づまる。僅か二十分足らずであった。

登りつくと広場があり整地されていた。芭蕉句碑が現れた。吸いつかれるように近づいた。ずんぐりとした楽しい句碑で、自然石に句が彫られていた。この地元の石であろう。

四方より　花ふきいれて　鳰の湖
はせを

と、三行に彫られている。

高さ百十五センチ、幅九十センチ、厚さ三十センチで、二十センチ程の高さの自然石を台として建立。南南西を向いていた。

山の頂の芭蕉句碑

陽光が頭上を照らし、樹々に風がさわぐ。かつての湖であっただろう、塩津浜の干拓田が真下に見え、遠くには山襞の見える三つほどの岬が広がって、静かな母なる北湖が落ち着きを示していた。あれが月の出峠だろうか、などと思い、碑の裏面を見る。枠《わく》どりをした碑面に、『富小路光禄太夫、藤原貞直卿筆、垂柳舎孤静建之　干時文政十有二歳己丑十一月』

表面の字が細字である。真面目な筆づかいで、万葉かなを美しく草書体で表記されていた。

四方与里　花婦支以連天　鳰農湖

碑のあたりの雑樹々は刈られて、近年美しく整地されてこの碑が世に出たような感じがした。立て札には『近江孤静の歌碑、旧愛岩神宮跡地、大平山孤静平台』とあった。誤字も見られるが、よく理解できた。なお、傍には『愛岩山　八叟天狗　刃磨石』と札があって、一つの石に竹で囲いがしていた。愛岩山とあるのは、愛宕《あたご》山だろうか。

塩津浜と名残を惜しんだ。太陽は早や湖北、湖西の湖や山に傾きかけていた。楽しい一日であった。

乾　憲雄（いぬい　のりお）
1924　滋賀県甲賀郡甲西町に生まれる。
1949　大谷大学文学部（国文学専攻）を卒業。
同年より、教職に就く。
1984　滋賀県立甲南高等学校退職。
真宗大谷派　正念寺19世住職
甲賀郡文学を楽しむ会　主宰
滋賀県俳文学研究会会長
甲西町文化財審議委員
（現住所）滋賀県甲賀郡甲西町菩提寺1231番地
TEL 0748（74）2791

初出―全国滋賀県人会連合会発行「全滋連」
創刊号より第７号（1991年５月～1993年12月）

淡海の芭蕉句碑（上）　新装版　　淡海文庫 1

2004年9月15日　初版1刷発行

企　画　淡海文化を育てる会
著　者　乾　　憲　雄
発行者　岩　根　順　子
発行所　サンライズ出版
滋賀県彦根市鳥居本町 655-1
tel 0749-22-0627 〒 522-0004

印刷　サンライズ出版株式会社

ISBN4-88325-144-6 C0025

淡海文庫について

「近江」とは大和の都に近い大きな淡水の海という意味の「近（ちかつ）淡海」から転化したもので、その名称は「古事記」にみられます。今、私たちの住むこの土地の文化を語るとき、「近江」でなく、「淡海」の文化を考えようとする機運があります。

これは、まさに滋賀の熱きメッセージを自分の言葉で語りかけようとするものであると思います。

豊かな自然の中での生活、先人たちが築いてきた質の高い伝統や文化を、今の時代に生きるわたしたちの言葉で語り、新しい価値を生み出し、次の世代へ引き継いでいくことを目指し、感動を形に、そして、さらに新たな感動を創りだしていくことを目的として「淡海文庫」の刊行を企画しました。

自然の恵みに感謝し、築き上げられてきた歴史や伝統文化をみつめつつ、今日の湖国を考え、新しい明日の文化を創るための展開が生まれることを願って一冊一冊を丹念に編んでいきたいと思います。

一九九四年四月一日